良　寛

良寛

●人と思想

山﨑　昇 著

149

CenturyBooks　清水書院

はしがき

近年、良寛はますます多くの人々から親しまれている。私が子どもの頃に聞いた良寛は、手まりをついて近隣の子どもたちとよく遊んでいるお坊さん程度の認識しかなかった。ところが多くの本を読み、良寛のことを調べ、良寛の心に入っていくと、良寛は自らを律するに実に厳しく、身の引き締まるほどの冷酷さを私は感ずる。

しかし、他人には慈悲の心で接し、他の人の神経を傷つけることは絶対と言っていいほど避けた。だからだれからも嫌われず、愛され、尊敬された。そして彼は彼独自の生活をし、誰に気がねをすることもなく、自らの考えに正直に生きた。

彼の書や歌や詩などの作品をみても、彼は盛装をこらしたものよりも、ふだん着のままのものを好んだ。彼には名誉や金儲けは無関心で、名を惜しむことはあっても、世間の称賛や批判など全く眼中になかった。そして自らの信念を絶対に曲げることはなかった。

良寛が「書家の書、歌よみの歌、料理人の料理」を嫌ったという話は有名だが、それは職業的に手慣れて、精神の有無を忘れた匠気《しょうき》を彼が卑んだのであって、良寛自身はあらゆる面で玄人であり、専門家といっても過言ではなかった。

その域にいたるまでには彼自ら身を削るような研鑽《けんさん》があったからにほかならない。このような素晴らしい良寛の人間形成には、さらに多くの立派な知識人、文化人との出会いがあったが、何といっても最高の出会いは国仙《こくせん》和尚および貞心尼《ていしんに》との出会いであろう。

国仙は禅者としても大変すぐれた人で、良寛の思想はこの国仙が大きな影響を与えたものと思われる。国仙が自らの老衰を覚悟して、藤の杖《つえ》一本に託し、印可《いんか》を与えたことは、良寛の人柄を見抜き、良寛には寺の経営よりも「歩け」といわせた国仙の思想が良寛によって具現されてゆくのである。

今日、多くの人々に敬慕されている良寛をみるとき、彼自身の学識修得の研鑽や修行があったにしろ、もし国仙和尚に会わなかったら、あれほど素晴らしい良寛が生まれたであろうか。大きく傾きかけた橘屋《たちばなや》山本家を支えきれず、没落名主《なぬし》として弟の由之《よしゆき》と同じような運命をたどったのではあるまいか。また、出家しても単なる田舎の貧しい僧侶として、人々に顧みられることもなかったであろう。

国仙こそ、良寛の生き方に指針を与えた重要な人物であったと思われる。

もう一人の大切な出会いは貞心尼である。

良寛の最晩年に、良寛にとって思いがけなく、彼の身辺にこぼれるように咲き乱れた萩の花、その名は貞心尼であった。

良寛は貞心尼に会ってから、彼女が彼に迫ってくる一途さ、それに彼女の美しさまでが良寛の心の琴線を奏《かな》で、余生少ない良寛の胸にみずみずしい活力を与え、生きがいをつのらせた。

貞心尼は良寛の最後を涙ながらにみとり、火葬の実相をしたため、良寛と宗龍の相見のようすを生々しく記述するなど、「自らを語らぬ」良寛を世に鮮やかに浮かびあがらせた。

ことに『蓮《はちす》の露《つゆ》』は雪に埋もれつつあった良寛を白銀の雪上に引き出し、良寛をしてあまねく天下に紹介したその功績ははなはだ大きい。

貞心尼が命がけで書いた『蓮の露』がもしなかったなら、良寛が今日ほど多くの人々に慕われることもなかったであろう。

国仙と貞心尼、そのほか多くの文人墨客《ぼっかく》と庶民、その人たちとの交流をもっとも親しみやすく、読みやすい逸話を透《す》かして良寛像を追ってみることにした。

本書によって巷間《こうかん》伝えられた良寛よりも、少しでも幅広く、より深くしのんでいただけるなら望外の幸せである。

「良寛さま」、「良寛さん」などの敬称は省いた。

目次

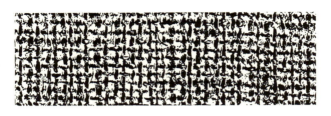

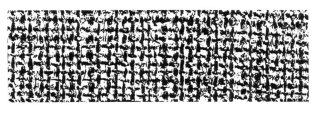

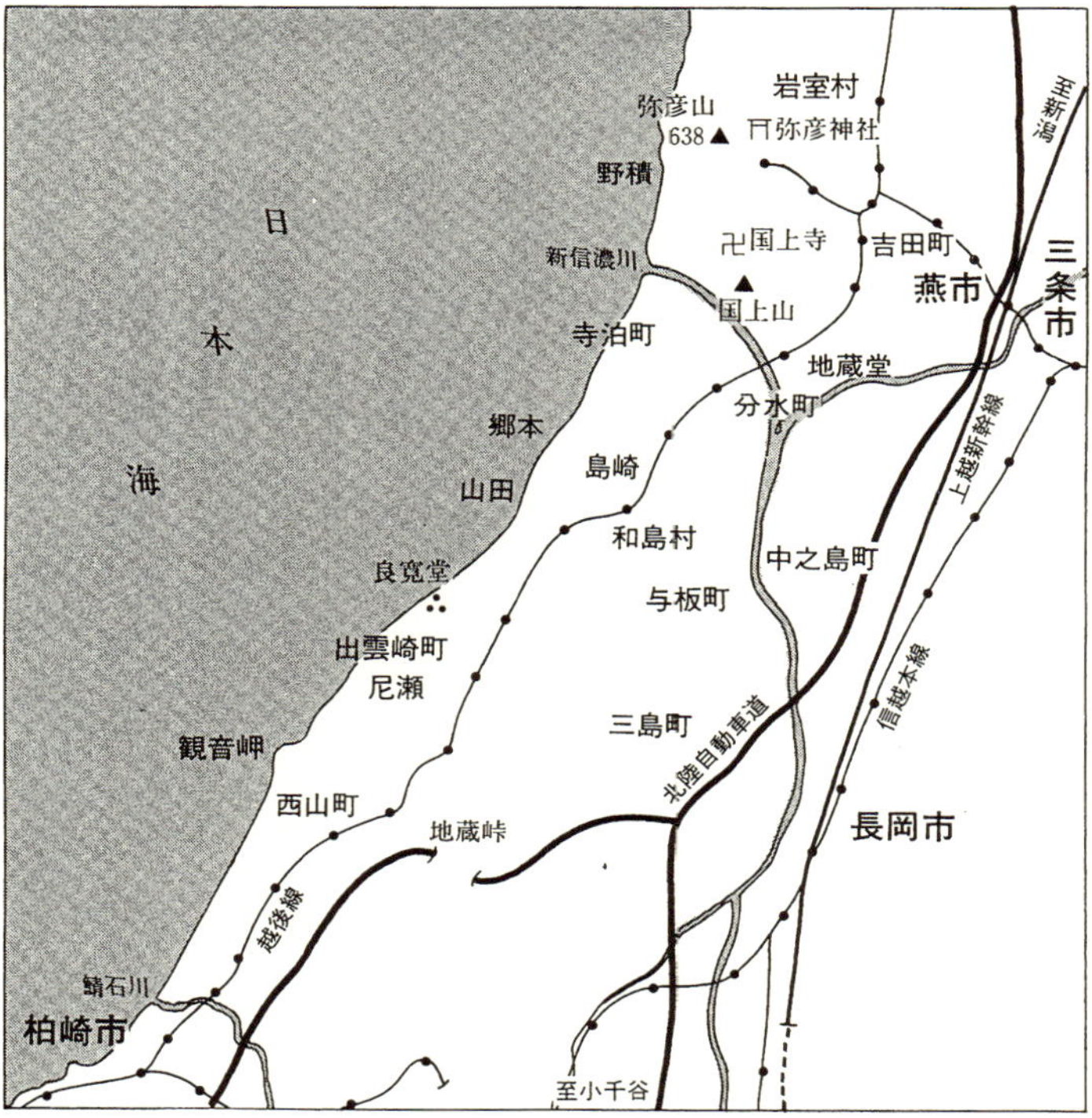
日
本
海
弥彦山
638
岩室村
弥彦神社
野積
国上寺
吉田町
新信濃川
国上山
燕市
三条市
至新潟
寺泊町
地蔵堂
分水町
郷本
島崎
上越新幹線
山田
和島村
中之島町
良寛堂
与板町
出雲崎町
尼瀬
信越本線
三島町
観音岬
北陸自動車道
西山町
長岡市
地蔵峠
越後線
鯖石川
柏崎市
至小千谷

良寛関連地図

I

雪国の山河

おいたち

荒磯

日本海の冬は厳しい。ときには深く垂れ込めた雲。薄墨色に天も水も際なくにぶく一色に塗られ、鉛色の靄《もや》にさえぎられて佐渡ヶ島の姿が見えない日も多い。白い波頭が次々に襲ってきて、怒濤《どとう》の逆巻く冬の海は荒々しい。雪は人々に忍従を強いる。春には雪も降りやみ、太陽が燦々《さんさん》と輝き、彼方に佐渡ヶ島がおおらかな姿を浮かべてみせる。やわらかい金波、銀波が輝くときの美しさは形容を絶している。越後《えちご》に住んでみなければわからない風景である。

雪国に詩人が生まれるというのも、あながち嘘ではあるまい。

そこ出雲崎《いずもざき》は江戸時代、七万石の代官所が置かれ、幕府は出雲崎とその周りの広い地域を直接支配した。その理由は、出雲崎は幕府の財政を支える佐渡の金銀を船で運び込む港であり、さらに越後米を川を通じて船で集めたり、日本海上を運んだりする北前船の発着の港であった。それに高田藩、長岡藩、新発田《しばた》藩などの各藩の力を抑えるのに好都合の場所として代官所が置かれ、天領として非常ににぎわった。また、北国《ほっこく》街道の宿場町として、この地方一帯の政治、経済、文化、交通の中心地であった。

今でも海岸線に沿って長い街道が続き、その両側の家並みは、海岸線に直角に海に対している。それは海からの烈風に低姿勢で身構えている姿だ。そしてむかしの北国街道の面影をそのまま残している。いわゆる褌《ふんどし》町と称する山と海にはさまれた細長い町である。

元禄二年（一六八九）七月、芭蕉は奥の細道の途次、旅の杖をここにとどめ、「荒海や佐渡によこたふ天《あま》の河」の名吟を残した。ほかに亀田鵬斎《ぼうさい》、十返舎一九《じっぺんしゃいっく》、吉田松陰、釧《くし》雲泉など多くの文人墨客《ぼっかく》の往来があり、当時としては文化の香り高き町であった。

良寛は、このような風土の出雲崎に生まれ育った人である。

あづさ弓　春さりくれば　み空より　降り来る雪も　花とこそ見め
降り積みし　高嶺のみ雪　それながら　天《あま》つみ空は　霞《かすみ》そめけり

右の歌からみて、良寛がとくに冬を嫌った気配はあまりみえない。良寛の肩には出雲崎の四季、なかでも冬と春とが色濃く影を落としているような気がしてならない。暗い冬のとばりがあがると、一斉に明るい春の幕があけられる。そこには梅、桜、桃が一度に花開く、もっとも印象的な絢爛《けんらん》たる春が訪れるのである。

橘屋（山本家）跡地の良寛堂と像

良寛はこの出雲崎の名主（庄屋）兼神官であった橘屋山本家、父次郎左衛門泰雄（号は以南《いなん》）と母おのぶ（秀子説もある）の長男として、宝暦八年（一七五八）十二月に生まれた。良寛生誕の年は、良寛死去日の天保二年（一八三一）正月六日より逆算したもので、他説もあるがここでは通説をとっておく。

当時の橘屋山本家は名主で本陣として定められており、佐渡奉行が立ち寄ったり、将軍巡見使や大名が宿泊するなど絶大な権力を握っていた。

ことに港を眼の前にした橘屋山本家は寛保元年（一七四一）に廻船問屋連合が成立して、千石級の大型船が出入りするにも、七万石の代官所をバックにした橘屋の許可なくしては簡単に港の出入りができなかったほどの実権を握っていたという。つまり橘屋山本家は、当時の海陸の通行権を掌中に収めていた。

徳川幕府は江戸城が攻略されないよう、道路と橋梁《きょうりょう》を極端にせまく抑えた。したがって陸上輸送はあまり発展せず、大量の荷物は海上輸送に頼っていたから、海上港権を掌中にしていた橘屋の実権は飛ぶ鳥を落とすほどのものであった。

良寛の父以南

良寛の父以南の生家は与板《よいた》で、代々割元《わりもと》庄屋をつとめていた。与板は井伊藩主の統治下にあり、藩内で五千石以上を所轄《しょかつ》する大地主は新木家と千谷（現・小千谷《おぢや》市）の新保家であった。ほかの庄屋はそれよりもかなり低い石数であった。

与板は日本一の大河信濃川のほとりに横たわる城下町で、米を運ぶ輸送の要衝であった。良寛の父以南の生まれた新木家は米問屋と酒類を取り扱う豪商でもあった。

良寛の父は与板の新木与五右衛門と妻「まき」の子として生まれた。当時の人々はいくつかの名前をもっている場合が多く、良寛の父の名は正式には次郎左衛門泰雄で、新木家にいるときは重《じゅう》内《ない》、石井神社の神職の場合は左門《さもん》、ほかに新之助、伊織ともいったが俳諧の宗匠としての号は以南であった。一般的には以南と呼んでいたようである。

以南の父富竹（与五右衛門）は俳号白雉《はくち》と号し、俳句が巧みだった。その血を継いで以南も俳句はうまく、俳句に熱中していた。

以南の七回忌追善に出版された『天真仏』の中で、与板の中川都良《とりょう》は以南をさして「北越蕉風《しょうふう》中興の棟梁《とうりょう》といふならむか」と述べているほど、俳句にかけては世に知られていた。彼は美濃派の俳人加藤暁台《きょうたい》とも親交が深く、各地の著名な俳人たちとも交流を結んだ。

良寛の母「おのぶ」は橘屋の親類筋にあたる佐渡ヶ島の相川《あいかわ》町山本庄兵衛の娘で、十七歳のとき出雲崎橘屋の養女として入籍した。そして二十一歳の折りに、与板の割元庄屋新木家から一歳若い以南を迎えて結婚している。その三年後に良寛は生まれた。以南は出雲崎に来て、二十四歳で出雲崎総鎮守石井神社の神職を継ぎ、名主役になったのは二十九歳の頃という。

以南が名主になった頃、出雲崎には橘屋に対抗しようとする実力者が台頭しはじめていた。橘屋が権力をもってかなりの利権を掌中に収めていたから、それをねたみ、権力を欲しがる者が出現するのは世の常かもしれない。

尼瀬《あませ》はかつて出雲崎の一地域であったが、尼瀬の名主京屋こと野口与左衛門は塩浜の利権を握り、虎視眈々《こしたんたん》として橘屋の座をねらっていた。産業が発達し、船の積み荷が増加し、造船技術も進歩して船が大型化すると、暗礁の多い出雲崎港では吃水《きっすい》線の深い大型船の出入りは困難となり、かわって尼瀬港を利用する船が次第に多くなった。そのうえ尼瀬には石油が噴出したため、出雲崎よりも尼瀬のほうが活況を呈するにいたった。

経済の中心が尼瀬に移りつつあり、京屋は金紋高札《きんもんこうさつ》を橘屋から京屋に移すべく画策していた。当時の金紋高札は幕府の通達を掲示するもので、高札が家の前に建てられていることは、すなわち権威の象徴であった。したがって以南が勢力挽回《ばんかい》のために抵抗することは当然の心情であった。

さらに出雲崎の年寄役敦賀屋《つるがや》が、橘屋の地位をおびやかしていた。敦賀屋長兵衛は第十代である。八代が死亡すると尼瀬町年寄内藤多兵衛から九代を迎えたが、五年ほどでまたも死亡。そこで十代として地蔵堂の富取家から長兵衛を入り婿《むこ》させたのである。

以南は八代、九代が死亡した機に一気に権力を拡大しようと、入り婿したばかりの長兵衛に言いがかりをつけている。以南はもともと敦賀屋があまり以南に心服しないのが面白くなく、さらに敦賀屋の五代から八代までが地方に聞こえた俳諧師《はいかいし》であったことも以南の感情を刺激したものらしい。その争いは祭を機に火を吹いた。

以南は石井神社の神官という立場から御輿《みこし》行列の総指揮をとる自負があり、敦賀屋に御輿の供《とも》に出るよう命じたが断わられてしまった。祭の御輿は名主と町年寄の家の前にとめて芸事をして祝う習慣があったが、町年寄はそれを最高の名誉としていた。御輿の供を敦賀屋に断わられて、怒った以南は敦賀屋の前に御輿を止めさせず、無理に通過して敦賀屋のメンツを丸つぶれにしてしまった。そのうえ「町年寄役の任免は名主の了見《りようけん》次第なり」と放言したので、町年寄は連書して代官所に訴え出た。橘屋にとって不利なことに、敦賀屋長兵衛の有力な味方に敦賀屋先代の生家尼瀬町年寄役内藤多兵衛が存在していた。

当時、出雲崎の代官所は尼瀬稲荷丁の磯山半腹にあって、その真下に内藤家があった。したがって代官と多兵衛は昵懇《じつこん》の間柄であり、その多兵衛が懸命に奔走したため橘屋にとっては勝ち目がなかった。

その後、敦賀屋の養子が端午《たんご》の節句の祝いに裃《かみしも》を着て帯刀して参賀したのに対して、「役所の内意もなく、勝手に盛装して行ったのであろう」と以南は詰問した。怒った敦賀屋はまたもや代官所に訴えて裃着用、帯刀の許可を受けた。またしても以南は全面敗訴となって厳重処分された。以南が町年寄と争って信望を失い、名主として不適格者という烙印《らくいん》をおされると、手を叩いて喜んだのは尼瀬の京屋である。長年の夢が以南の不行跡からタナボタ式に転がり込んできた。京屋は尼瀬の町年寄全員の連書で、理路整然と書いた「高札建立願」を代官所に提出した。京屋が豊富な資金で町の有力者を味方にし、町あげての願いに対し、以南は過去の実績だけを根拠に争ったが、身内の町民すら離れてしまった以南に勝つ算段はなかった。橘屋前の高札は引き抜かれ、御金船の陸上地《りくあげち》とともに権利も京屋に移されてしまった。

『出雲崎編年史』の著者で、良寛研究家の佐藤耐雪《たいせつ》は『良寛の父橘以南』を出版するに際し、以南の性格の項で次のように述べている。

「京屋に一蹴《いっしゅう》されし以南は……御高札問題……余りに弱かったのであります。我事茲《ここ》に終れりとして、一切の政争から手を退《ひ》き、憤悶《ふんもん》の情を俳諧に藉《か》りて世を韜晦《とうかい》せんと、直ちに如翠の俳号を以南と改め、風雅に里のよしみを結ぶべく俳三昧《はいざんまい》に入ったのであります。……（以下略）」

以南は高札取り戻しのため無理をして借金を重ね、ついには公金に手をつけたのが暴露されると出雲崎にはいられなくなってしまった。

以南の末路

以南には俳友や俳句を教えた弟子も多かったであろう。その人たちを捨てて、彼は寂しく出雲崎を去らなければならなかった。出雲崎でうたったと思われる句に、次のようなものがある。

星ひとつ　流れて寒し　海の上　　以南
そこふむな　ゆふべ蛍の　居たあたり　　以南
荒海や　闇を名残りの　十三夜　　以南
我やどは　羽音まで聞く　千鳥かな　　以南

出雲崎の良寛堂はむかしの橘屋の屋敷跡に建てられたもので、かなり広い家屋敷であった。千鳥の聞こえる大邸宅を去る心境はさぞ無念であったことであろう。現在、その良寛堂前に、「我やどは……」の句碑が建てられている。

以南は寛政三年（一七九一）に京に上ったとされている。その途次、直江津《なおえつ》より由之（新左衛門）宛に手紙を送っている。以南はなぜ京都に向かったのであろうか、

出雲崎良寛堂庭前
我やどは　羽音まで聞く
千鳥かな　　以南

おそらく京にいる香《かおる》を訪ねたのであろう。香は以南の子で、貞心尼は『浄業余事』の中で、「其三男橘香　字淡斎と号し、博学多才にして京都に登り、禁中学士菅原長親卿の勤学館成学頭。禁中の詩会に折々出られし事を有之と也。され共壮年にして死去せし也」と述べている。

また、良寛研究家西郡久吾は『北越偉人　沙門良寛全伝』の中で、以南の上京は「澹（淡）斎病気の慰問処理と尊王論鼓吹《こすい》とに在りきや疑なし」と自説を主張している。

以南は桂川《かつらがわ》（京都）で自殺したといわれている。俳友の前川丈雲が『天真仏』を享和元年（一八〇一）に上梓《じょうし》しているが、その序に京都の俳人竹巣月居《たけすげつきょ》は、「今は七とせのむかし、それの日、越後の出雲崎なる以南といひし逸人、都の西川に臨みて、いかなる心が起りけむ、たちまち一首の歌を残して身を捨てたり」と書いている。

以南が投身自殺をしたとき、辞世の歌として残したのが次の歌である。

蘇迷盧《そめいろ》の山をしるしに立ておけば　わが亡きあとは　出づらむかしぞ

蘇迷盧は須弥山《しゅみせん》のことで、帝釈《たいしゃく》（仏法を守護する神）が頂上に住むという想像上の山である。以南は自分が著した勤皇思想の『天真録』をこの山にあてて、この本をかたみに残すので、自分の亡き後はこの本により、勤皇思想もきっと栄えるであろうとうたったものである。

俳友の小林一茶は彼の『株番』の中で、「越後の国俳諧師以南は脚気《かっけ》を悩みて、桂川の流れに身を捨つる」と、病気を苦にして自殺したと書いている。

以南の桂川入水自殺はほとんど通説となっているが異説がないわけではない。貞心尼の文書に「天真仏の命に依りて、桂川え身をなぐるもの也と書置きて行方しれず。実に桂川え身を投げられしや、又ひそかに高野山に登られしと言う説も有しと也」とあって、高野山説をすべて捨て切れない面もあるという。

与板町の新木家跡の一隅に、以南が良寛のためにうたったという自筆の句碑がむかしをしのんで寂しく建っている。

朝霧に　一段ひくし　合歓《ねむ》の花

父以南の書
朝霧に　一段ひくし
合歓の花

なかなかすぐれた流麗な筆致で、この美しい書体は良寛にうまく引き継がれたものであろうか。良寛は後に父が残したものを見て、なつかしく歌をよんだと『蓮《はちす》の露《つゆ》』のなかに記されており、良寛の悲嘆のようすが手にとるようにわかる。

たらちをの書給ひし物を御覧じて
みずくきの　あともなみだにかすみけり　ありしむかしの　ことをおもへば

母と子

良寛の母についてはわからない点が多い。良寛の母が書いたと思われる短冊に「秀子」と署名されていることから、ずっと「ひでこ」と信じられてきたようだ。ところが田中圭一は佐渡の史料から「おのぶ」が本当の名だと異説を唱えた。

「のぶ」の実家の初代は相川町にあって、出雲崎の山木家の分家で回船問屋として栄えた。代々橘屋と称した山本庄兵衛の娘がのぶである。出雲崎の本家橘屋山本家に後継者が絶えたので、十六歳で養女に入った。

一説にはのぶが出雲崎の山本家に入るとすぐ新津《にいつ》町の桂新次郎十七歳を迎えたが、三年後に桂家に帰った。その間に生まれたのが良寛だという説もある。一方新次郎が去って二年後に以南と再婚し、その子が良寛だというのが従来説である。真相はともかくとして、良寛の母は七人の子どもを育てた。

七人の死亡時をみると、長男良寛は享年七十四歳、長女おむらは同六十五歳、次男由之は同七十三歳、三男は夭逝《ようせい》、次女おたかが同四十四歳、四男宥澄《ゆうちょう》同三十一歳、五男香《かおる》同二十八歳、三女も夭逝、四女おみか同七十六歳、ほかにもう一人夭逝したものがあったらしい。

当時の乳幼児の死亡率は七十パーセントぐらいだったといわれているが、これからみても、母親おのぶの子育ては上できといえるだろう。

良寛の弟由之は『橘由之日記』、『八重菊日記』などを残し、和歌や書に非凡な才能を示したが、行政手腕は父と同様に能力が乏しかった。名主になったものの自我がたいへん強く、買物をしても代金を支払わず、町民に大きな迷惑をかけた。忍耐の切れた町民たちは奉行所に由之の名主罷免《ひめん》を訴え出た。一年を経過しても決定がなされないので、町民八十四名が連署して上級奉行所に駆け込み訴訟をした。

その告訴状には、「当町名主儀、毎年無用の人集めいたし、乗馬も二匹まで飼いおき、御武家同様の身持ちいたし、町方へは無体《むたい》の出金割り掛けをし……十年間に六百三十両も横領した」とある。その結果、裁判は六年後に、由之は「家財没収のうえ追放」、息子は「名主見習いクビ」との有罪判決となった。

良寛は弟由之のことをずいぶんと心配し、由之に珍しく訓戒の書簡を送っている。

由之も兄良寛を深く尊敬信頼し、ときおり音信をかわしている。由之は良寛をつねに慕い、もし私が死んだら、自分の墓は良寛の墓のとなりに小さく建ててほしいと木村元右衛門に頼んだ。その希望はいれられ、良寛の墓のわきに「由之宗匠の墓」として建てられた。その側面には、次の歌が刻まれてひっそりと建っている。

行く水は止まらなくにうらぶれて　河原の蓬《よもぎ》　何招くらむ

良寛がもっともたよりにしていたのは、すぐ下の長女「おむら」であった。おむらは十五歳のときに寺泊《てらどまり》の回船問屋外山文左衛門に嫁《とつ》いだ。

良寛が庇護《ひご》者阿部定珍《さだよし》に宛てた手紙に「外山家に相当量の米が預けてあるので心配しないでほしい」としたためたり、また、「お願いした文具は寺泊に頼む」と依頼するなど、おむらの家を拠《よ》り所としていたことがわかる。また兄思いのおむらも、寒くなると綿入れや足袋《たび》などを良寛に届け、良寛好物の山芋、海苔《のり》のほか保存のきく食べものなどを随時送り届けていた。さらに良寛の汚れた衣類などをみかねてときどき洗濯してやっていたようである。

文政四年（一八二一）に追放されて各地を放浪し、うらぶれ果てた由之がおむらの家を訪ねてきた。おむらはさっそく一里（四キロ）ほど離れた五合庵《ごごうあん》に連絡をとり、六十歳に達した兄妹たちは三日間、懐かしのあまり夜を徹して語り合った。

由之の旅日記に、「禅師の君、姉刀自、おのれも老の身なれば、これや限りの旅ならむと、かたみに哀れなること限りなし、されどなかなか言には出さず」と、おちぶれた身であってみればなかなか真実は話しにくいと書いている。時に良寛六十四歳、おむら六十二歳、由之六十歳で、六十歳を越えた三人は粉雪の舞う厳しい波音を耳にしながら、お互いにいつ果てるともなく心から語り合った。その三年後、僧衣をまとったおむらは六十五歳で亡くなった。

香は博学多才で、上京して文章博士菅原長親の学館塾頭をつとめた。漢詩、和歌、書にも長じ、光格《こうかく》天皇に古今集を進講するなど、秀才ぶりを発揮した。この香と父以南とが京で会ったかどうかはよくわからない。以南は香を頼って京に出たと思われるが……。しかし、香は父以南と同様に後に自殺した。若くして惜しいことであった。四男は良寛四十三歳のときに死亡した。

母が亡くなったとき十四歳だった四男宥澄は、信心深かった母の心を慕って早々と出家し、後に橘屋の菩提《ぼだい》寺円明院の住職となった。良寛は夢の中で弟宥澄と仏法の話をしたが、それは宥澄の死ぬ直前であった。


おもかげのゆめに見ゆるかとすれば　さながら人の世にこそありけれ　　良寛

良寛が五十五歳のとき、出雲崎の町年寄高島伊八郎に嫁《か》していた「おたか」が死亡した。伊八郎が由之と行動をともにし、紛争に明け暮れた夫の悩みに妻おたかの心労が重なったことが原因と思われる。

四女「おみか」も若くして出家した。尼僧名は妙現尼と称し、ことに和歌にすぐれており『妙現尼自筆和歌集』上下二巻を残している。そして良寛についてうたった歌がある。

同胞《はらから》なる禅師の身罷《みまか》り玉ひしを嘆きて
泣く涙　せきぞかねつる　小ぢ衣　立ちもかへらぬ　人を恋ふとて　　妙現
禅師の形見に衣を賜はりて
わが袖に　もるる涙を　かけよとて　形見に残す　唐ごろもかな　　妙現

妙現尼は優しかった兄良寛の衣《ころも》を見て、その面影を懐かしくしのんだ。

出雲崎の高島伊八郎に嫁《か》したおたか以外はみんな出家した。これは当時の暗い世相によるものか、寺の多かった出雲崎という土地柄のせいか、あるいは母おのぶの影響なのだろうか。

兄弟愛

さきに秀子（おのぶ）と書かれた短歌の筆跡は実にみごとなもので、彼女は相当教養の高かった人と想像できる。その行跡からみるに、相川の山本家は仏教に対する信仰心があつく、家庭教育がじつによく行き届いたなかで育てられたのだろう。母親の子どもに対する薫陶は相当大きかったものと思われる。この母によって育てられた兄弟姉妹を良寛はおもしろく色わけしている。

「この地に兄弟あり、兄弟心各々異なる。一人は弁にして聡《さと》く、一人は訥《とつ》にしてかつ愚かなり」。

つまり良寛は自分とおむら、おたか、宥澄は母の血筋を引いた愚か者。由之、香、おみかは父の血を引いた賢い者たちと奇妙な分類をしているのである。とはいっても、父以南は俳諧の宗匠といわれるほどの文化人であり、母も前述のように教養の高い家庭で育ったから、子どもたちがいずれも知的水準が高かったことはむしろ当然のことであろう。そのうえ、兄弟姉妹はいずれも勉強家であった。そのようすは次の香の詩で想像できよう。

夜久牀頭燈火小　　夜久しく牀頭《しようとう》の燈火小さく
天寒机上硯氷堅　　天寒くして机上の硯氷《けんぴよう》堅し
大兄発問小兄答　　大兄《たいけい》問を発し小兄答へ
季弟無言低頭眠　　季弟《きてい》言無く低頭して眠る

夜遅く燈火が小さくなるまで、兄弟は互いに励まし合って勉強をしている。冬の夜とあって机上の硯《すずり》にはいつしか氷が張りつめている。大兄（由之）が質問すると、小兄（宥澄）がそれに答えて、互いに学習を積み重ねている。季弟（香）はまだ幼いので、いつしか読書の声も細くなり、ついに頭をたれて眠ってしまった。

この詩からは兄弟が互いに手を取り合って、懸命に勉強していたようすがしのばれる。

良寛の父以南は出奔し、良寛が出家したために名主見習いとなった由之は、文化七年（一八一〇）十一月、長年の町民との争いに敗れて家財は取り上げられ、所払《ところばら》いの処分にあってしまった。由之は落胆し、彼の生活は極度に乱れてしまった。それを見た原田鵲斎《じゃくさい》が心配して激励の歌をおくったのに対し、由之は次の歌を返している。

波たてむ　風も何かと　ますらをと　おもへる我は　くづをれにける

由之は「くづをれにける」と絶望の底にある苦しみを吐露している。

名主失格し人生の落伍者となった由之であっても、良寛にとっては互いに心の通い合う肉親であり、ふだん教訓めいたことや指導的な言葉を吐かなかった良寛が珍しく由之をいましめている。「人も三十、四十を越てはおとろへゆくものなれば、随分御養生可被遊候、大酒飽淫《ほういん》は実に命をきる斧なり。ゆめゆめすごさぬよふにあそばさるべく候。七尺の屏風もおどらばなどが越ざらむ。羅《ら》綾《りょう》の袂《たもと》もひかばなどかたへざらむ。をのれほりするところなりとも制せばなどかやまざらむ　良寛」。由之は兄良寛の忠告にしたがって、大酒飽淫を断つべく、翌年、由之の子左門馬之助に家を譲り、出家して与板《よいた》にひきこもってしまった。

兄弟愛はさらに続く。文政十三年（一八三〇）正月二十九日、由之から良寛のもとに、中国製の筆に添えて手紙が届いた。文面には「長さきより唐筆をもらひこころミ候処、常の売物よりハよく候まま、一本献上仕候」とあり、由之はときおり良寛のもとに筆や紙をおくっていた。良寛もまた山菜や若菜を摘んで由之に届けている。

また、三月には良寛の長寿を祝って、由之は座ぶとんをおくっている。良寛はその返事に「ふとんたまはり、うやうやしくおさめまいらせ候」と記し、さらに長歌とともに次の短歌を添えている。

極楽の蓮《はちす》のうてなをてにとりて　われにおくるは　きみが神通
いざさらば　はちすのうへに　うちのらむ　よしや蛙と　人ハいふとも

由之が五泉《ごせん》の小出田の桜見物に行ったときに、良寛は由之に歌をおくった。

我はもよいはひてまたむ平らけく　山田の桜見てかへりませ
小山田の　山だの桜見む日には　ひとえをおくれ　風のたよりに

由之はこれに対し「小山田の桜めのさめる事に御ざ候」と良寛に報告している。

良寛の晩年、由之のもとに、新津《にいつ》桂家内室の時子から盃二個が由之に、ざくろ七つが良寛に届けられた。折あしく由之が旅に出たのと行き違いになり、そのざくろが良寛に届けられたのはだいぶ遅れてからであった。そのときの由之から良寛への手紙には、「さぶさもたへがたく成候。今は庵《いおり》へ籠《こも》らせられ候や、わたくし先月十日ここを出候て、蒲原筋《かんばらすじ》へまゐり昨日かへり候ところ、私ここを立候日、新津の桂家よりあなたへと、ざくろ七ツおこされ候、三十日にあまり候へば、中はいかがさぶらはむ、まづ遠方志の至と存候間奉差上候以上」とあった。これに対して良寛の歌は由之を通して時子におくられた。

かきてたべつ　みさいてたべ　わりてたべ　さてその後は　口もはなたず
くれなゐの　ななのたからをもろ手もて　おしいただきぬ　人のたまもの

良寛は「ななのたから」というほどだから、よほどざくろが好きだったのであろう。酒を飲んだ後のざくろは、さっぱりとしておいしいとその味を称《たた》えている。

文政十一年（一八二八）良寛も七十一歳になり、頼り合う兄弟は由之だけとなり、兄弟愛はいよいよ濃くなった。そして二人は酒を酌《く》み交わしながら、お互いに老いを慰め合っている。

兄弟相逢処
共是白眉垂

且喜太平世
日々酔如痴

白雪のまゆにつむまで　はらからの飲むうま酒は　君がめぐみか　良寛
しら雪をまゆにつむまで　はらからがのむうま酒も　御代のたまもの　由之

由之は良寛の死後、お膳に若菜《わかな》の出ているのを見て良寛を思い出した。

こぞの春、禅師御手づからつみもておはし給へりし事を思ひ出て
君まさば　摘《つみ》てたぶべき　道のべの　若菜かひなき　春にも有哉

港の丘

母の面影

良寛は海に抱擁されて成長した。宝暦八年（一七五八）の誕生から、安永八年（一七七九）に備中玉島《びっちゅうたましま》（岡山県倉敷市）に行くまでの二十年をこえる歳月を、出雲崎《いずもざき》の海の香りを吸いながら育った。それだけに出雲崎の海に深い愛着を感じていた。

故郷を遠く離れ、母の死に目にも会えなかった良寛は、母の生国佐渡ヶ島の島影を限りなく慕っていた。母の面影をまぶたに映しながら……。

いにしへに　かはらぬものは　ありそみと　むかいに見ゆる　佐渡の島なり　良寛

むかしの出雲崎はせまい道の両側に切妻の家が並び、海側の家の縁の下から漁船が出るほど海が家に迫っていた。ところが現在では海岸線が家からかなり離れており、夏の海水浴時には、やけた砂の熱さではだしでは家から海に歩いて行けそうもない。広がった海岸には新しく車道が一直線に連なるほどの変わりようである。

一方、反対側の切妻屋根の裏には丘が長く続き、往時の良寛が眺めたままの緑をたたえている。丘のかなり急な石段を登ると、父以南が神官をしていた石井神社が森陰に鎮座している。栄蔵（良寛）は、石井神社の祭のときなどよくそこまで登って海を眺めたことであろう。安永八年（一七七九）、良寛は国仙《こくせん》和尚に連れられて玉島に行くことになり、親子は断腸《だんちょう》の思いで蛇崩れの丘で別離することになったが、おそらくふたたび会うことはできないと覚悟したものであろう。

「たらちねの母にわかれをつげたれば、今はこの世のなごりとや思ひましけむ。涙ぐみ手に手をとりて、わがおもをつくづくと見し、おもかげはなお眼の前にあるごとし。母のこころのむつまじき、そのむつまじき　良寛」

母は別離四年後に、栄蔵の名を呼びながら心労のためにこの世を去った。橘屋《たちばなや》山本家の菩提《ぼだい》寺円明院も丘続きの長い石段の上にあった。お盆になると幼い栄蔵は母に手を引かれ、寺のある丘に腰を下ろして海を眺めた。いつ見ても海は美しかった。良寛の弟宥澄も後にこの円明院の住職となっており、良寛にとっても因縁の深い寺だ。良寛はふと母とこの寺に来た幼い頃を思い出す。母は海に浮かぶ佐渡ヶ島をじーっと見て眼をは

出雲崎町「良寛記念館」

なさない。母のいつもと違うようすに栄蔵は不安を感じ、着物の裾《すそ》を捉えてはなさない。母は優しく頷《うなず》いたが、微笑を浮かべた顔は今でも忘れられない。

出雲崎より海上十二里（四十八キロ）。佐渡ヶ島は母の寝姿に見えてくる。

　　たらちねの　母がかたみと朝夕に
　佐渡の島べを　うち見つるかも　　良寛

出雲崎の隣町、寺泊《てらどまり》の荒谷に左之助の家があった。日本海に面した庭先に枝ぶりのよい黒松があって、その根もとに辻観音が建っていた。良寛は五合庵《ごごうあん》から細くけわしい山道を約一里（四キロ）も歩いて、よくこの観音像を拝みにやってきた。ときには手を合わせながら、像の前で涙を流していることもあった。それがしばしばなので左之助は不審に思って、良寛に茶を勧めながらその理由をたずねてみた。

良寛は「観音さまのお姿があまりにも母の面影に似ているので、母に会いたくなるとここにやってくる」と答えた。次いで「心に残る母の体のぬくもりを思い浮かべると、自然に涙が落ちてくる」とうつろに笑った。

丘から海を眺めていると、名主としての村人のゴタゴタや浮き世の憂《う》さも忘れ、いつしか海と母の姿が一つになって見えるのであった。現在海の見える「良寛記念館」わきの展望台は、「越後百景の第一」に選ばれた風光明媚《めいび》なところである。

良寛はやがて倉敷の玉島円通寺《えんつうじ》に赴くが、円通寺の高台も港の見える丘であった。良寛は出雲崎に似た玉島の丘で、きっと故郷の海に心誘われたに違いあるまい。

昼行燈《ひるあんどん》　良寛の幼名が栄蔵と呼ばれていたことは、彼自身の漢詩のなかで次のように述べられている。

少年捨父奔他国　　少年父を捨てて他国に奔《はし》る
辛苦描虎猫不成　　辛苦虎を描いて猫にも成らず
箇中意志人倘問　　箇中の意志人倘《も》し問はば
只是従来栄蔵生　　只是従来の栄蔵生

少年の頃に故郷を離れて仏門に入り、虎を描こうとしたが猫にさえならず、辛苦精進したが、幼い頃の栄蔵のままで少しも進歩がない。

栄蔵は名主の家に生まれ、何一つ不自由のない生活をおくった。子どもの頃から柔順で、女の子のようにいつも手まりやおはじきで遊んでいた。身のまわりの世話は下女がしてくれて、自ら帯も結べず、襟《えり》が立っていても平気であった。したがって普通の子どもとどこか違っていた。性格は内向的で無口で、いつもぼんやりしていたので、人々は昼行燈《ひるあんどん》と陰口をしていたという。つまり消極的で非社交的な人柄であった。また、服装やものごとにむとんちゃくだったから、帯などだらしなく体に巻きつけていたのであろう。

栄蔵は内気で、しかもものごとをひどく気にする神経質なところもあったらしい。何かあるとすぐ気にしてなかなか判断ができずにぐずぐずしているので、人々の目からは愚鈍にみえたのであろう。素直ではあるがそれがかえって強情にみられた面もあったらしい。その一面、強情ともみえる性格が、孤独に耐えて五合庵で侘《わ》びずまいをしのぐことができたのであろうか。

私が良寛に関心を抱くようになったきっかけは、以下のようなことからである。

私の生家の隣に浄照寺という真宗の寺があった。この寺では毎日曜に日曜学校というものがあって、子どもたちが集まって読経《どきょう》の後に話を聞くことができた。当時長岡に「北越新報」という新聞社があり、その記者で「童話クラブ」を主宰《しゅさい》する俵谷由助という人がいて、よく良寛の逸話を話してくれた。その人は後に福島町に貞心尼の歌碑を建立するため発起人になられた。その俵谷（号をこてきという）氏がある日、こんな話をされた。

栄蔵は人を上目《うわめ》づかいで見るくせがあった。ある朝、栄蔵は遅く起きて父に叱られてしまった。そのとき、思わず上目づかいで父をにらみ返してしまったので、「親をにらむ者は鰈《かれい》になってしまうぞ」と父に言われ、栄蔵は家を飛び出してしまったのである。

日暮れになっても栄蔵が家に帰らないので、家人や使用人が探し回ったところ、岩の上でしょんぼりと海をみつめている栄蔵を発見した。「こんなところで何をしている？」と声をかけられて、「おれはまだ鰈になっていないかえ？」と栄蔵は答えた。「親をにらむと鰈になる」ということわざは室町時代から言い伝えられてきたものだが、素直で純真な栄蔵はすっかり信じ込んでしまった。

このほかにもいくつかの良寛（栄蔵）の話を俵谷氏からお聞きして、私は幼い胸をときめかせて、すっかり良寛に魅せられてしまった。

幼時の栄蔵は手習いや読書などあまり好まなかった。ところが、どうしたわけか急に『十三経』（論語、孟子《もうし》、春秋左《しゅんじゅうさ》氏伝《しでん》を含む十三種の経書）を読みたいと父親にせがむようになった。はじめは父親も冗談と思っていたが、最初から栄蔵がスラスラと読むのでびっくりしたそうだ。

栄蔵が勉強好きだった逸話がある。ある夏の夕暮れ、近所の子どもたちがそろって盆踊りを見に行ったが、栄蔵はひとり読書にふけっていた。母が「読書ばかりしないで、よその子のように盆踊りでも見に行ったら」とすすめると、栄蔵は黙って外に出て行った。しばらくして、母が何げなく庭先を見ると石燈籠《いしどうろう》の陰に人影が見える。「さては泥棒がわが家をうかがっているのか？」と長押《なげし》から薙刀《なぎなた》を取り出して石燈籠の光をたよりに近づいてみると、それは論語を読みふけっている栄蔵だった。

栄蔵は読書好きで、しかも記憶力は抜群であった。これはおそらく母親の血を継いだものであろう。栄蔵自身読書好きであったことを認めた漢詩がある。

一思少年時　　一に思ふ少年の時
読書在空堂　　読書して空堂に在り
燈火数添油　　燈火しばしば油を添えど
未厭冬夜長　　いまだ厭《いと》わず冬夜の長きを

栄蔵が冬の夜長を寒さも忘れてひっそりとした部屋で、燈油をつぎながら読書に夢中になっているようすを、自らうたったものである。

『良寛禅師伝』では、良寛の学識を次のように述べている。

「幼きより道気あり、稍《やや》長ずるに及び内外の群籍を博渉し、明らかならざる所なし、又詩を能《よ》くし、書を能くし、和歌を能くす」。

西郡久吾編述『北越偉人　沙門良寛全伝』の中では、「栄蔵は生れて奇敏にして、父の職を襲《つ》ぎ……」とあるから、機敏な少年として昼行燈説、鰈《かれい》逸話を否定する人もある。

学《まな》び舎《や》

新潟県西蒲原《にしかんばら》郡分水《ぶんすい》町地蔵堂町は信濃川支流の西川に面し、物資の集散地としてかなり栄えた町である。そこに北越四大儒者の一人、大森子陽が経営する狭川塾《きようせんじゆく》（西川の別名を狭川《せばがわ》という）があった。大森子陽の塾であることから子陽塾ともいった。

文化八年（一八一一）に出版された橘茂世《もちよ》（崑崙《こんろん》）の『北越奇談』のなかで、良寛のことについて「始め名は文孝、其友富取、笹川、彦山等と共に岑《しん》子陽先生に学ぶこと総《すべ》六年」とあるから、良寛が狭川塾で約六年間学んだことはほぼ間違いない。むかしは十五～十六歳になると元服して名を改めたから、栄蔵（良寛）も文孝と改名したものであろう。

ここに出ている富取《とみとり》は地蔵堂の大庄屋長太夫の弟之則。笹川は地蔵堂近くの溝村の庄屋笹川久之助。彦山は橘茂世の兄橘彦山のことで、いずれも近郊の名主などの名家の子弟が多かった。したがって当時としては名門で、将来有望な青少年たちが顔を合わせて勉学に励んだから、狭川塾は新進気鋭の若者たちで活気にあふれていたことであろう。

師の大森子陽は元文三年（一七三八）に生まれ、江戸に出て徂徠《そらい》学派（荻生《おぎゆう》徂徠《そらい》）の瀧鶴台《たきかくだい》に学

良寛が寄宿していた中村家

んで儒学を修め、大成して明和七年（一七七〇）頃に江戸から帰国して狭川塾を開いた。開塾後七年目に羽前《うぜん》（山形県）の鶴岡に移住し、寛政三年（一七九一）に五十四歳で没した。

後に門人たちが「大森子陽先生鬢髪碑《しゅはつのひ》」を鶴岡に建てたが、これをみても子陽の篤実《とくじつ》な人柄がしのばれる。

文孝（良寛）は塾が出雲崎から遠かったので、与板新木家の親類筋にあたる中村家に寄宿して通った。当時の中村家は酒造業で、願《がん》王閣《のうかく》がすぐ近くにあり、二階屋の奥行きの長い家であった。文孝はこの二階で起居していたらしい。

文孝はこの狭川塾で、儒教を通じて道徳の基礎を教えこまれるとともに論語を中心に多くのことを学んだ。ことに良寛は後年の庵中《あんちゅう》生活においても論語ははなさなかったという。

幼少の頃から石燈籠の陰で論語を勉強するなど、論語は良寛の学問の中心であり、これにより人間の尊厳性を徹底的に学んだものと思われる。

子陽の師荻生徂徠は『詩経《しきょう》』をも重視し、積極的に詩文をつくるよう指導していたから、子陽もその薫陶を受けて子弟に作詩を奨励した。往年、良寛が書いたすぐれた多くの漢詩は、この時代に培われたものであろう。

当時子陽塾で学んだと考えられるものに四書《ししょ》（大学、論語、中庸《ちゅうよう》、孟子《もうし》）、五経《ごきょう》（易経《えききょう》、詩経、書経、春秋、礼記）、『唐詩選《とうしせん》』七巻、『古文真宝《こぶんしんぽう》』二十巻、『小学《しょうがく》』、『孝経《こうきょう》』、『庭訓往来《ていきんおうらい》』、『消息往来《しょうそくおうらい》』、『三字経《さんじきょう》』、『古状揃』などであったと考えられる。

この頃の文孝は学識の吸収力のもっとも強い青少年期で、かつ記憶力もすぐれていたから、後の人間形成におおいに役立ったものであろう。

文孝は出雲崎山本家を離れて中村家に寄宿して気持ちがゆるんだのであろう。勉学のかたわらよく遊んだらしい。中村家時代の資料は乏しいが、こんな漢詩もある。

平生少年時　　平生少年の時
遨遊逐繁華　　遨遊《ごうゆう》して繁華を逐《お》ふ
好著嫩鵝衫　　好んで嫩鵝《どんが》の衫《さん》を著し
善騎白鼻騧　　善く白鼻の騧《か》に騎《の》る
朝過新豊市　　朝には新豊の市を過ぎ
暮酔河陽花　　暮には河陽の花に酔ふ
帰来知何処　　帰り来れども何れの処かを知らず

笑指莫愁家　　笑って指す莫愁《ばくしゅう》の家

文孝は名主の子どもなので馬を飼っていたのであろう。それに乗り、よい着物を着て妓楼《ぎろう》に遊びに行ったのかもしれない。この詩からは聖僧といえども、若い頃は一般人と変わらぬ遊ぶ男としての人間くささを感じるのである。

良寛は成人して後、子陽の墓を訪れている。子陽の墓は寺泊町当新田、万福寺の裏山にある。よその家の前を通り、苔《こけ》むした坂道を登ると、山の斜面に数基の墓がならんでおり、その一つに古めかしい低い子陽の墓がある。

訪子陽先生墓　　子陽先生の墓を訪ぬ
古墓何処是　　古墓何《いず》れの処《ところ》ぞ是《これ》
春日草淺々　　春日草は淺々《せん》たり
伊昔狭河側　　伊《これ》昔狭河の側《ほとり》
慕子苦往還　　子を慕うて苦《ねんごろ》に往還《おうかん》す
旧友漸零落　　旧友漸《ようや》く零落《れいらく》し
市朝幾変遷　　市朝幾《いく》たびか変遷す

一世真如夢　　一世真に夢の如《ごと》し
回首三十年　　首《こうべ》を回らせば三十年

良寛は狭川塾で培った詩に、さらに寒山拾得《かんざんじっとく》の詩を勉強した。彼は自らの詩について自己批判をしている。

孰《たれ》か我が詩を詩と謂《い》う
我が詩は是れ詩に非《あら》ず
我が詩の詩に非ざるを知らば
始めて与《とも》に詩を言《かた》るべし

俺の詩は世間でいう詩とは違うのだと良寛は開き直っている。良寛の詩は彼が愛読した寒山詩の影響を多分に受けており、なかなか難解のところが多い。

出家

良寛の生家山本家は古くからの名門で、正中二年（一三二五）日野資朝《すけとも》卿が北条氏転覆の陰謀を図ったとして佐渡に流される途次、強風の去るのを待って滞在した宿がこの橘屋山本家だった。

さしもの名家も以南の政治的無能力と俳句への没頭によって家運も傾きかけ、父以南が名主を捨てたため、文孝（良寛）は十八歳で名主見習いにさせられた。そしていやおうなしに世間の荒波に投げ出されてしまった。

文孝はいくつかの理由が重なって名主見習いの重圧に耐えかねてしまったのか、安永四年（一七七五）七月十八日、突如として隣町尼瀬の光照寺《こうしょうじ》の玄乗《げんじょう》破了和尚《はりょうわじょう》のもとへ逃げ込み、参禅して僧になってしまった。

出家の動機については数説あって真相はなかなかつかみにくいが、そのいくつかを列記しておく。一説には村上藩士三宅相馬に宛てた手紙に、「寛師も一旦家督相続致候処、駅中ニテ死刑ノ盗賊有之候節出役、其日帰宅後直ニ出家被致候ヨシ申伝候」とあり、罪人の首斬りの際に、名主見習いとして処刑に立ち合わされ、その過酷さ、あまりの残忍さに眼をおおい、人生の無常を感じて出家してしまったという。ＮＨＫドラマ「乳の虎」では、文孝が首斬りの返り血を浴びた凄惨《せいさん》な姿が放映された。

そのほかにも次のような説がある。

文孝が名主見習いになって間もない頃、佐渡奉行が出雲崎から船で佐渡ヶ島へ渡ろうとした。しかし奉行乗用のかごの柄《つか》が長すぎて、船頭が櫓《ろ》を漕ぐのにじゃまになる。どの船に乗せてみてもうまくゆかない。船頭から相談を受けた文孝は、「それなら柄を切って短くしたら」といったので、船頭は喜んで柄を切ってしまった。プライドを傷つけられた奉行はカンカンに怒ってとがめたので、文孝はいやになって出家してしまったという。

ほかの説によると、出雲崎の代官と漁民の間にトラブルがあった。そこで文孝が一応仲裁役に入った。世事にうとかった文孝は、代官の言うことをそのまま漁民に伝え、漁民が代官に対する不満を言うと正直に代官に伝えた。代官がその愚かさをとがめると、「正直に言ってどこが悪い。正直に言うのが悪いのなら、世のなかは間違っている」と代官に反論したために叱責され、名主見習いをやめざるを得なくなって出家したという。

国学者の飯塚久利が書いた『橘物語』によると、文孝には結婚を約束した遊女があったが、名主見習いと遊女では立場が大違いのためにとても結婚できないと悟り、文孝は「家のことは弟にまかせる」と書き置きし、袈裟《けさ》を身につけて家を出たという。遊女もそのことを悲しみ、剃髪《ていはつ》して尼になったという。

また、文孝は大金を持って妓楼にあがり、散財した後に出家したという。文孝には珍しく艶《つや》っぽい次のような漢詩がある。

三越佳麗《さんえつかれい》多し、

三越多佳麗

翺翔緑水浜
日射白玉叙
風揺紅羅裾
拾翠遺公子
折花調行人
可怜嬌艶歳
歌笑日紛紜

翺翔《こうしょう》す緑水《りょくすい》の浜。
日は白玉の叙《さい》を射《い》、
風は紅羅《こうら》の裾《すそ》を揺《ゆ》るがす。
翠《すい》を拾《ひろ》って公子《こうし》に遺《おく》り、
花を折って行人に調《たわむ》る。
怜《あわれ》むべし嬌艶《きょうえん》の歳、
歌笑日に紛紜《ふんうん》たり。

こんな詩から遊女説、登楼《とうろう》説が出たのであろうか。

一方、文孝には結婚説もある。白根市茨曽根《いばらそね》の大庄屋関根小左衛門家から娘をもらったという説もあるが、疑わしいようだ。

それにしてもどうして光照寺に入ったのであろうか？　光照寺は橘屋とは敵対関係にあった京屋のすぐ裏手にある。橘屋の菩提寺は真言宗円明院である。また、父の寺は与板の徳昌寺で名刹《めいさつ》としても名高い。

尼瀬の光照寺十二代住職は玄乗破了《げんじょうはりょう》で、その先代は蘭谷万秀といい、文孝は寺小屋時代に万秀に少し教わったこともある。また、当代住職の破了は国仙和尚の法弟で、学徳の誉《ほま》れも高かった。

そこで与板徳昌寺と同派の光照寺を選んだのであろうか。

以南は折りあるごとに光照寺から帰宅するように蘭谷万秀を通じて勧めてもらったが、何回かの勧めにも文孝の不退転の決意は固く、文孝の出家の心を飜《ひるがえ》すことはできなかった。

以南は出家した文孝をしのんで、

炉《ろ》をふたいで　その俤《おもかげ》を　忘ればや　　安永丙甲春三月書

と、そっと記している。炉をふたいでとは、春になって冬に使った炉を板でふさぐことで、あれほど世話をやかせた文孝も、いなくなってみると心にぽっかり穴があいたようだと歎じたものであろう。「文孝も、もう私から遠く去ってしまった」と、悄然《しょうぜん》としている傷心の以南の姿が浮かんでくるようである。

文孝は玄乗破了の手によって剃髪したが、安永八年（一七七九）、国仙和尚が江湖会《ごうこえ》のために光照寺を訪れたときに正式に得度を行い、沙弥《しゃみ》から僧沙門《しゃもん》になった。

良寛の僧名と大愚《たいぐ》の号は、国仙和尚から名づけてもらったのであろう。

倉敷市にある長連寺

ここで光照寺晋山江湖会《しんざんごうこえ》に出席した国仙和尚について触れなければならない。

師国仙

国仙の出生地は北魚沼郡千谷村であろうとして、昭和二十六年十二月十九日付で、ある新聞が「謎が解けた国仙和尚、良寛由縁千谷の人と判明」と大々的に報道した。

長岡市互尊社の遠山運平の弟で古物商金子紀一郎が新保家から買い求めた古文書のなかに、国仙の書、讃、絵など三十数点、および有願の書、絵が多数発見された。そこで夕雲（遠山運平）は新保家の家系をたぐってみた。

新保家は代々割元庄屋で、戸主四郎兵衛（代々襲名）には惣次郎、庄之助、粂次郎、案左衛門など子どもはあるが、いずれも分家、養子、または独立しているのに、次男庄之助だけは行方が判明しなかった。その庄之助が国仙であろうと夕雲は相馬御風《そうまぎょふう》に判断を仰ぎ、その結果報道されたのである。

しかし円通寺祖堂安置位牌銘《いはいめい》および倉敷市長連寺墓塔銘などからみて、出生地は武蔵国岡村の松原家の出身であることがわかった。ただし国仙の出生年は享保八年（一七二三）というが月日についてはわからない。国仙四歳のときに両親と死別したのか、あるいは他の事情からか、身寄りのない子どもとして僧全国に引きとられた。

全国和尚は寛文十一年（一六七二）武蔵国中沢村真野家の出身。十二歳で同国吾野《あがの》村宗穏寺で出家、後に同寺の住職となり、ついで府中の小山田にある大泉寺に転じ、さらに国仙五歳のとき、享保十二年（一七二七）に彦根清涼寺に住している。

全国は円通寺開祖の徳翁良高《とくおうりょうこう》門下の俊秀、世に鬼全国として知られていた。母に孝養を尽くし、門人を愛育し、名山大刹《めいざんたいさつ》に住しながらはなはだ枯淡の生活を送った。

国仙が十四歳のときに全国は清涼寺を辞し、一時同国の長福寺にとどまり、国仙十五歳のときに三河（愛知県）の矢並村医王寺に隠退した。

国仙も全国に随従して医王寺で修行した。十六、七歳のときに師の許可を得て諸国行脚《あんぎゃ》の旅に出た。数年は行雲流水《こううんりゅうすい》の旅で各地の名僧に参見した。全国示寂《じじゃく》の寛保元年（一七四一）、二十歳になる前に医王寺に戻り、国仙は全国から印可証明を受けた。国仙二十歳以前の諸国行脚とその後の立職にいたるまでの五年、合計十年は国仙の修行酷烈の時代だった。

前述したように国仙は二十歳になる前に一度旅から医王寺に帰り、ふたたび諸国修行をした。二十六歳で金鳳寺道樹の初会《はっえ》に立職、嗣法、大泉寺の首先住職となり、三十歳で勅命を拝して大本山永平寺に端世したとみられている。

国仙の風貌と人柄とをもっともよく語るものは寿像ならびに自賛である。一見していかにも聡明《そうめい》な静かな、そして気品の高い禅僧であったことがしのばれる。自賛の偈《げ》からも寒山拾得《かんざんじっとく》に私淑していたことがわかる。良寛もまた深く古聖寒山拾得を敬仰《けいぎょう》していた。国仙の文字もまたまことに枯淡である。

江湖会

国仙和尚は安永八年（一七七九）の春、円通寺で法嗣《ほうし》圭堂国文《けいどうこくぶん》に印可《いんか》証明の偈《げ》を与え伝法式を行った。その後光照寺の玄乗破了の晋山江湖会《しんざんごうこえ》の西堂《せいどう》（講師）として招かれ、北陸道を通り門弟の大心、諦道を伴って越後に入った。国仙は五月一日より一週間授戒会《じゅかいえ》の戒師をつとめた。そのときの戒弟は大心、諦道が新保家に報告した書簡によれば二百二十八人であったという。その間に良寛は国仙の直弟子となり、正式の出家得度を受けたのである。

国仙和尚は光照寺の江湖会が終わると、七月中旬頃から小千谷の千谷長楽寺の十一世蘭香栄秀の晋山江湖会に西堂として赴いた。長楽寺の栄秀も大泉寺時代に国仙の法嗣になった人である。

少し横道にそれるが、結制安居《あんご》については釈尊《しゃくそん》（釈迦）在世当時のインドでは雨期四月十六日より七月十五日にいたる九十日間、仏道修行の僧侶は結制禁足して寺にこもって修行に励んだ。これを夏安居《げあんご》（雨《う》安居）といい、中国では江南、江北の各地から雲水が大勢集まって安居修行をした。そこで結制のことを江湖会ともいった。また、十月十六日から翌年一月十五日まで行ったものを冬《とう》安居（雪安居）ともいった。

さて話は戻すが、千谷の長楽寺の檀徒《だんと》総代は新保家であり、割元庄屋の新保家は長楽寺最大のパトロンだった。

寺と割元庄屋の関係について、水上《みずかみ》勉《つとむ》は著書『良寛』の中で次のように述べている。

寺では人別帳をあずかり、結婚、養子縁組、旅行、遠出、村ばなれまで取締った。いわば戸籍簿を寺であずかるわけだから、寺は役場であり、僧侶は役人みたいなものである。結婚の場合を例にとってみると、寺では先ず婚姻届の文書を作り名主に提出する。さらに名主は割元庄屋（大庄屋）に提出して許可を得る。従って寺院は名主の下部組織になった証しだ。名主と檀那寺とのつながりも一般檀家に位べて強かった。

つまり寺は割元庄屋の支配下にあり、反面割元庄屋は寺に寄附金や維持費の援助をしている。新保家では長楽寺に対し、宝暦十一年（一七六二）に米十俵と金十両を寄附していることが新保家古文書に記述されている。このような関係で国仙が長楽寺に来たときは新保家に泊まって世話になっている。国仙は玉島に帰る途中、大坂より新保粂次郎宛に世話になった礼状を届けている。

国仙と新保家との交流は新保粂次郎の時代にとどまらず、新保家数代にわたっている。つまり、府中小山田村大泉寺（国仙が住職）発信で、新保要太郎宛、同達左衛門宛、同茂左衛門宛、同粂次郎宛、同長之助宛と発信地は異なるが二十数通出していることから、国仙と新保家との交友の濃さがわかる。

また、国仙が千谷の長楽寺に大きな力を注いでいたことは、国仙の弟子たちを長楽寺の住職に当てていたことからわかる。つまり長楽寺十世住職には国仙の弟子萬安鉄文、十一世には蘭香栄秀、十二世には密山東伝、十四世に忠宝光山などいずれも国仙の愛弟子を添えている。

さらに、小栗山の福生寺にも国仙の弟子がいたらしく、新保家より福生寺の授戒会にも赴いて、小豆三升をもらったことを礼状にしたためている。

新保家に泊まった国仙は直接円通寺に直行したわけではなく、信州の善光寺を参拝したあと、金鳳寺（国仙立職の寺）、府中の大泉寺、多摩川の勝楽寺（国仙が住職になったことのある寺）、三河の医王寺（全国終焉《しゅうえん》の寺）、尾張の泉松寺、玄透即中《げんとうそくちゅう》が住職をしていた美濃善応寺など国仙にとって関係の深かった寺々を回り、円通寺に着いたのは秋も深まった十月の後半とみられている。

安永年間に国仙が来越《らいえつ》したおもな目的は、㈠玄乗破了の授戒会に招待。㈡配下の寺院視察と布教。㈢門弟の発掘で、良寛との出会いは大きな収穫であった。手紙にも「長楽寺より連れ来り候、小僧達も達者に候よろしく申上候　己上」とあり、良寛のほかに長楽寺より新弟子を連れて行ったことがわかる。

II　修行の日々

師の法愛

玉島の空

玉島の空は明るい。出雲崎《いずもざき》と玉島。ともに港の見える丘には違いないが、どんよりと毎日くもった日々の多い出雲崎とは異なり、玉島には白い雲の浮かぶ明るい展望がひらけている。玉島は上古には「玉の浦」と称し、中世にいたると乙島、柏島の二つを「間人《まんど》の郷」と称した。玉島は古くから文化の薫り高い町であった。

玉島の文化を形成した初期の人々は玉島港の豪商たちであった。経済的に余裕のあった豪商たちのあいだでは茶の湯をはじめ、文人画、和歌などが盛んだった。

江戸時代には多くの僧たちが玉島にやってきた。徳翁良高《とくおうりょうこう》が玉島にきて行基《ぎょうき》が開創したと伝えられる古刹《こさつ》を再興させた。良高は宇都宮藤原氏の出で、江戸浅草で生まれた。吉祥寺離北良重について十五歳で剃髪《ていはつ》。二十一歳のときに寺を出て諸山遍歴を行った。後に玉島において古刹を再興した。それが円通庵で、五年後に円通寺と名を改めた。

越後《えちご》からはるばる良寛がこの地にやってきたように、ほかに越後からこの地を訪れた男がいた。それは司馬遼太郎《しばりょうたろう》著の『峠』で世に知られるようになった河井継之助《かわいつぐのすけ》である。

彼が玉島を訪れたのは安政六年（一八五九）九月十九日のことである。彼は備中の山田芳谷に学んでいる間に玉島を訪れた。彼の紀行文『塵壺』から一部を抜すいしてみよう。

安政六年（一八五九）九月十八日　曇小雨時々ある。

朝、進詩を書直して送らる。五ツ頃花屋を立ち、川に添って出、みなぎ川より川を渡りて山へ懸り久々にて広々せし処に出る。我が蒲原《かんばら》など見ては小なるものなれども、松山の鼻のつかへる様の八方山の中に居し故又思ふ。山陽道の本道へ出て、それより二里入りて玉島に着く。林を尋ね、林方にて夕飯を食す。娘の琴を聴く。林の元三郎来る。それより小島屋に宿す。この夜折悪しく不天気故、船出ざるためなり。

十九日　晴　逗留

夜に入らざれば船出ざる故、今日は玉島を見物と極め逗留す……新町を通り円通寺へ行く。寺は山の頂にあり。禅寺にて庭に大石、吉松。遠く讃州《さんしゅう》諸山を見、近く諸島を見、曾《か》つて見し富士に擬すべき程に思ふ。久しくかかる快調の風景に接せざる故、別して面白き楽みなり。……

継之助はうまく玉島の風景描写をしているが、良寛も同じ感懐《かんかい》をもって眺めたのであろうか。良寛の玉島時代はほとんど記録も逸話も残していない。わずかに残る逸話としては次のものがある。

良寛が托鉢《たくはつ》に出て町をぶらぶらしていると盗難があって村役人が良寛をあやしんで捕らえた。良寛は一言も弁解しなかった。名主風の男がそれをみて「なぜ黙っていたのか」と聞くと、良寛は自分が疑われるような状況だったから、自分が悪かったと答えたという。

また、円通寺麓《ふもと》の西山で、農家の壁にもたれて眠っていると、身なりの悪さからか、やはり疑われて捕らえられた。しかし一言の弁解もしなかったという。円通寺時代の良寛は身なりなどかまわず熱心に修行に励んだ。

寺院建築の七堂伽藍《しちどうがらん》とは山門、仏殿、法堂（本堂）、庫院、東司《とうす》（便所）、浴室、僧堂をいうが、修行僧にとってもっとも大切なところは僧堂である。これは座禅堂のことで、ここで食事もとり、寝起きもする。

修行僧の一日をみると、午前三時振鈴起床、その後座禅、読経《どきょう》を繰り返し、作務をしたりして午後九時開枕就寝となっている。

良寛があるとき、国仙に修行のあり方を問うたのに対し、国仙は「一に石を曳《ひ》き、二に土を搬《はこ》ぶ」と答えた。中国の故事にならって、礼拝看経よりも勤労によって得られるものを重んじ、理論より実行を重んじよとさとしたものと思われる。

この点仙桂和尚は国仙からみれば理想の修行僧であったと思われる。仙桂は師の教えを守って農耕に黙々と働いていた。良寛は円通寺在寺当時、仙桂の実践の尊さや実行の重要性をよく理解できなかったらしい。

良寛は後年にいたって、自分の仙桂をみる眼がくもっていたことを反省して次の詩をよんでいる。

仙桂和尚

仙桂和尚真道者
黙不言朴不容
三十年在国仙会
不参禅不読経
不道宗文一句
作園菜供大衆
当時我見之不見
遇之不遇
吁呼今效之不得
仙桂和尚真道者

仙桂和尚

仙桂和尚は真の道者
黙して言はず、朴にして容《かたちつくら》ず
三十年国仙の会《え》にありて
禅に参ぜず、経を読まず
宗文の一句も道《い》はず
園菜を作りて大衆《だいしゅ》に供す
当時われこれを見て見ず、
これに遇うて遇はず
ああ今これをならはんとするも得《う》べからず
仙桂和尚は真の道者

良寛は国仙から宗教の道、実践の尊さを教わったが、同時に和歌の道も教わったものと思われる。

良寛が橘屋時代に和歌をうたっていたということはあまり聞かない。

国仙は和歌がうまく、彼の歌作も相当数が伝わっている。したがって良寛の和歌は国仙の影響をかなり受けたのではないだろうか。

菅江真澄《すがえますみ》については後でくわしく述べるが、彼の『来目路《くめじ》の橋』のなかに見られる国仙の和歌からは、相当な水準の歌境に達していたことがうかがえる。それは信州の湯の原温泉で真澄と国仙が出会って互いに歌をよみかわしているからである。この歓談は良寛の母の墓参の道すがらに行われたものである。

良寛は母の死亡時には帰郷できず、一周忌の天明四年（一七八四）四月に温情深い国仙にうながされ、国仙同伴のうえ帰郷したものである。このとき、真澄は本洗馬―戸隠―善光寺を通って七月三十日に越後入りをしている。一方国仙は、真澄とは反対に越後から信州に入った。

そして信州の「白糸の湯」の名にふさわしく、出で湯が細い滝のように落ちる共同浴場に真澄が入っていったとき、二人の法師が浴槽内で話し合っていた。その状況からみてすぐれた僧と見うけ、声をかけたが話に夢中になっていたのか返事がなかった。そこで真澄は宿の人に聞いてはじめて国仙和尚であることを知った。

真澄は国仙にどうしても会いたかったので国仙の部屋をたずねていろいろと話をした。そのときの話の一つだが、主君に仕えていた武士が気がめいって心を乱したことがあったので、国仙はその武士に次の歌をよんであげたという。

　捨てし身は心も広し大空の　雨と風とにまかせはててき

武士はその歌を繰り返しよむうちに心が晴れてきて、ふたたびつつがなく主君に仕えることができたということであった。

翌朝、国仙が出発するとき、真澄は和尚に次の一首を呈した。

　別れても吉備の中山かひあらば　細谷川を訪れてまし

和尚はぜひおいでくださいと、次の一首を返歌した。

　旅衣いつたちいでて吉備の山　苔のむしろを払ひ待ちなん

この歌からも国仙の歌の心が推量できる。国仙は歌の心をよく知り、歌の素養のある良寛と義提《ぎてい》尼《に》に和歌の道を教え、強い影響を与えたものと思われる。

玉島 円通寺

藤の杖《つえ》　良寛自身が玉島時代のことを詩にしている。

　　円通寺
自来円通寺
幾度経冬春
衣垢聊自濯
食尽出城闉
門前千家邑
更不知一人
曾読高僧伝
僧可可清貧

　　円通寺
円通寺に来りてより
幾度か冬春を経たる
衣垢《あか》つけば聊《いささか》自ら濯《あら》ひ
食尽くれば城闉《いん》に出づ
門前千家の邑《ゆう》
更に一人を知らず
曾《かつ》て高僧伝を読むに
僧可は清貧なるべしと

　良寛は読書を好んだ。そして『高僧伝』を熱心に読んだ。宗門の祖道元《どうげん》が『高僧伝』『続高僧伝』を読んだことは『正法眼蔵随聞記《しょうぼうげんぞうずいもんき》』にのっているが、当時名のある僧は競って『高僧伝』を読んで、高僧の認識を新たにし深めた。
　良寛もまた『高僧伝』を読んで、清貧こそ僧の面目だと感動しているが、「今の自分も全くそうなのだ」と自らの気負いを吐露《とろ》している。

良寛は『高僧伝』を読んで、おそらく湯川寺の玄賓《げんぴん》の跡を訪ねているのではないかと『良寛ひとり』の著者津田さち子氏は想定している。国仙のあとを受けた十一世玄透即中《げんとうそくちゅう》が寛政六年（一七九四）夏に玄賓の高風を慕って備中《びっちゅう》草間の湯川寺を訪ねて遺像を拝み歓喜の詩をよんでいるから、良寛もそうであったのだろうと考えられたようである。

厳しい円通寺の修行中にも次のような楽しいこともあった。

端午於玉島
携樽共客此登台
五月榴花長寿杯
仄聴屈原湛汨羅
衆人皆酔不堪哀

端午玉島において
樽を携へ客と共に此台《ここ》に登る
五月の榴花長寿の杯
仄《ほの》かに聴く屈原《くつげん》の汨羅《べきら》に湛《しず》みしを
衆人皆酔うて哀しみに堪へず

酒樽を持って高台に登り、ざくろの花を見ながら杯をかたむけ、中国の屈原の心情を思い浮かべている。良寛は酒が大好きであった。しかし厳しい修行中のことなので、酒が出たとするならばよほどの祝いごとがあったのだろう。

次の詩からは良寛が他に先んじて行動し、一生懸命に修行に励んだようすがうかがわれる。

憶在円通時　　憶《おも》ふ円通に在りし時
常嘆吾道孤　　常に吾が道の孤なるを嘆ぜしことを
搬柴懐龐公　　柴を搬《はこ》んで龐公《ほうこう》を懐ひ
踏碓思老盧　　碓《うす》を踏んで老盧《ろ》を思ふ
入室非敢後　　入室あへて後るるにあらず
晩参毎先徒　　晩参毎《つね》に徒に先んず
自従一散席　　一に席を散じてより
悠忽三十年　　悠忽たり三十年
山海隔中州　　山海中州を隔て
消息無人伝　　消息人の伝ふる無し
懐旧終有涙　　旧を懐うて終《つい》に涙あり
因之水潺湲　　之に因《よ》れば水潺湲《せんかん》

良寛は、文字どおり粉骨砕身の思いで参禅弁道に励んでいたのであろう。次の詩がそのことをよく物語っている。

君抛経巻低頭睡　君は経巻を抛《なげう》ち、頭を低くして睡る
我倚蒲団学祖翁　我は蒲団に倚《よ》って祖翁を学ぶ
蛙声遠近聴不絶　蛙声は遠く近く聴えて絶えず
燈火明滅疏簾中　燈火は明滅せり疏簾《それん》の中

破れ障子の隙間《すきま》から風が流れこんで、燈火《とうか》がゆらゆら明滅している。友の雲水は疲れたのか眠りこけている。私は蒲団によりかかって、ひたすら祖師達磨《だるま》大師に参じるばかりであると、良寛は修行の一端をのぞかせている。

弟子たちの面倒をみてきた国仙和尚も体調をくずし、寛政二年（一七九〇）の冬より病床についた。そこで国仙は寺の修行証書あるいは住職許可証ともいうべき偈《げ》を良寛と義提尼《ぎていに》に与えた。その偈は次のとおりである。

附良寛庵主　良寛庵主に附《あた》ふ
良也如愚道転寛　良《りょう》や愚《ぐ》の如《ごと》く道転《うた》た寛《ひろ》し

騰々任運得誰看
為附山形爛藤杖
到処壁間午睡閑
　寛政二庚戌冬
　　水月老衲大忍

騰々《とうとう》任運誰か看《み》ることを得む
為《よ》って附《あた》ふ山形《さんぎょう》爛藤《らんとう》の杖《つえ》
到る処《ところ》壁間《へきかん》午睡《ごすい》の閑

良寛よ、愚かなようにみえても道心は深く非常に広い。ゆったりと自然にまかせよ。その素晴らしい心境はだれも理解し得ないかもしれない。証《あかし》として古い藤の杖を与えるが、これからはどこでもゆったりと過ごしたらよかろう、という意味と思われる。

　附儀貞禅尼
非男非女丈夫子
不鬼不神小尿児
為附山形爛藤杖
要看撃砕宝珠時
　寛政二年庚戌冬

　儀貞禅尼に附《あた》ふ
男に非ず女に非ず丈夫《ますらお》の子
鬼にあらず神にあらず小尿の児
為《よ》て附ふ山形爛藤の杖
看むと要す宝珠を撃砕《げきさい》するの時を

水月老衲仙大忍叟

この義提尼は最後の弟子（良寛二十九番、義提尼三十番）で、良寛よりも三歳若く、とくに国仙にかわいがられた。そして国仙自筆の『聞暖集』と山形爛藤の杖を与えられている。義提尼もその恩に報いるため、後に国仙和尚の宝篋印塔《ほうきょういんとう》や法華経塔を建立している。一方彼女は和歌にも堪能であった。義提尼の『浮草集』に次の歌がある。

濁世の水をいでぬる蓮葉の清さや　みだのちかひなるらん

国仙は良寛に円通寺での修行が終わったら、諸国行脚《あんぎゃ》に向かわせて諸名僧をたずねさせ、禅の真理を学ばせようと考えていたようだ。良寛は師国仙からもらった藤の杖を心の宝物として大切に扱っていたものと思われる。次の詩はその杖についてよんだものであろう。

一条烏藤杖　一条の烏藤《うとう》の杖
不知何代伝　知らず何《いずれ》の代より伝ふるを
皮膚長消落　皮膚は長く消落《しょうらく》し

唯有貞質存
多年試深浅
幾回喫険難
如今靠東壁
等閒打孤眠

ただ貞質のみ存する有り
多年深浅《しんせん》を試み
幾回か険難《けんなん》を喫せり
如今《ただいま》東壁に靠《よ》り
等閒孤眠《かんこみん》を打す

いつから伝わったのか、木の皮はとれて堅い木質部だけが残っている。良寛は行脚のおりにこの杖で川の深さを測ったり、険しい山を登るときは手助けとなった。この杖は錫杖《しゃくじょう》のように一種の法具ともなった。良寛はこの杖を玉島時代から大切に持ち歩いたものらしく、杖についてのいくつかの詩がある。なお偈文は良寛が生涯持ち続けていたらしい。良寛にとって国仙との出会いは生涯最高の幸せであった。

諸国行脚　国仙和尚は良寛に偈を授けた翌年、寛政三年（一七九一）三月十八日に死去した。良寛は師の教えを守って諸国行脚の旅へと出立した。一説には良寛はすでに旅に出ていて、師の死を知らなかったともいわれている。もし良寛が師の病気を知っていたならば、病床にあった師を残して旅立ったとは考えられない。

良寛はすでに国仙から印可《いんか》証明をもらっているので、一寺の住職になり得たはずであるが、それを好まなかったようである。

当時曹洞宗《そうとうしゅう》では、永平寺《えいへいじ》と総持寺《そうじじ》との間でみにくい本山争いが続いていた。日頃、両寺の争いをにがにがしく感じていた良寛が、もし一寺の住職になれば好むと好まざるとにかかわらず、いずれかの本山という派に帰属しなければならないことになる。それは良寛にとって耐えがたいことであった。

良寛は当時の宗教界の堕落を歎いていた。ちなみに良寛は「僧伽《そうぎゃ》」と題する詩のなかで、「縦《たと》ひ乳虎《にゅうこ》の隊に入るとも、名利の路を踏むこと勿《なか》れ」と自らを強く律している。

当時の僧侶は自ら修行に励むよりも、葬儀の盛大華麗化をはかり、鐘や太鼓、木魚などの音の演出によって葬儀を過大にし、布施の増量と寺への寄附を期待し、そちらのほうにだけ腐心していることはまことに残念だと歎いているのである。したがって、子を持っている虎の獰猛《どうもう》な群に入って危険をおかしても、名誉や利益の追求のみに走ることをいましめ、僧侶本来の姿に戻るべきだと良寛は述べている。

良寛は各地の寺を回り、宗教界の現状を知り、かつ名僧の教えを受けるためには旅に出ることが大切だと考えたのであろう。

良寛がどこからどこへ行脚したのかは正確にはわかりにくいが、土佐に行ったと思われることは解良栄重《けらよししげ》の『良寛禅師奇話』に次のように書かれている。「土佐ニテ江戸ノ人万丈ト云人、一宿ヲ共ニセシト、其時ノコト、万丈ノ筆記ニアリ」とある。ここでは万丈は江戸の人とあるが、正しくは玉島円通寺門前の造り酒屋菊池家の出身という。後に江戸に出たことから江戸の人としたのではないだろうか。

近藤万丈は『寝覚《ねざめ》の友』の序に、弘化四年（一八四七）「七十二翁」と記していることから逆算すれば、安永五年（一七七六）生まれで良寛より十八歳年下となる。その万丈が土佐で良寛に会った印象を『寝覚の友』で次のように書いている。

「おのれ万丈、よはひいと若かりしむかし、土佐の国に行きしとき、城下より三里ばかりこなたにて、雨いとうふり、日さえくれぬ。道より二十ばかり右の山の麓《ふもと》にいぶせき庵《いおり》の見えけるを、行きて宿を乞《こ》いけるに、いろ青く、面《おも》やせたる僧のひとり炉をかこみ居りしが、喰ふべきものもなく、風ふせぐべきふすまもあらばこそといふ。雨だにしのぎ侍《はべ》らば何かは求めんとて、強《しい》てやどかりて小夜更《さよふけ》るまで相対して炉をかこみ居るに、此僧初にものいひしより後はひとこともいはず、坐禅するにもあらず、眠るにもあらず、口のうちに念ぶちを唱ふるにもあらず、何やうの物語しても只《ただ》微笑するばかりにて有《あり》しにぞ、おのれおもふに、こは狂人ならめと……」

つまり万丈が土佐を旅しているときに大雨に降られたので粗末な庵に宿を願うと、主の僧は口もほとんどきかず、万丈は狂人かと思ったという。ところが庵には荘子の本があり、書き置いてある書を見ると、あまりにも筆跡がみごとなので、試みに賛《さん》を願うと「越州産了寛」と書いてくれた。万丈は後になって『北越奇談』で了寛についての記述を見て、さては土佐で自分が会った僧は良寛かと、なつかしさのあまり一夜涙を流したという。

解良栄重は奇話を書くについて、わざわざ江戸に出て万丈を訪ねたらしい。

良寛が旅に出た一因について、北川省一氏は玄透即中に良寛が円通寺を追い出されたのではないかとしているが、事実良寛と即中は反《そ》りが合わなかったらしい。即中は政治的に辣腕《らつわん》家で、後に永平寺に入って荒廃した同寺を再興し、当時幕府で禁書としていた『正法眼蔵』を出版するなど、黄《おう》檗《ばく》禅一色の曹洞界の宗統復古に着手している。彼は曹洞宗の中興の祖として、真宗の蓮如《れんによ》に匹敵する人物だと評する人もある。政治的に積極的な行動をした即中に対し、穏和で従順な良寛とは性格的にみても合わなかったのであろう。

良寛の愛弟子貞心尼《ていしんに》が蔵雲《ぞううん》和尚に宛てた書簡のなかで、良寛が行脚時代に宗龍《そうりゆう》禅師を訪ね、苦心してやっと宗龍に面会したという記述がある。

「宗龍禅師の事、実に知識に相違なきことは良寛禅師の御はなしに承《うけたま》はり候。師其かみ行脚の時分、宗龍禅師の道徳高く聞えければ、どうぞ一度相見いたし度《たく》思ひ、其寺に一度口わたいたしをり候へど、禅師今は隠居し玉ひて、別所にゐましてやういに人にま見え玉ひず、みだりに行事かなはねば、其侍僧に付て、とりつぎをたのみ玉ひど、はかばかしくとりつぎくれず、いたづらに日を過し、かくてはせつかく来りしかひもなし……」。

そこで良寛は会いたい趣旨を書いて松の木から塀を乗り越えて、雨戸の外の手水鉢《ちょうずばち》に置いて、風で飛ばないように石を乗せ、宗龍がみつけてくれることを心に祈った。さいわいにその書き付けを宗龍は眼にして、今後は案内におよばず、いつでも勝手にきてもよいとの許しを得て、たびたび話をすることができた。

この大而《だいじ》宗龍は宝暦十二年（一七六二）、四十六歳で北蒲原《かんばら》郡紫雲寺《しうんじ》村観音院の三世となり、明和八年（一七七一）に同横越村宗賢寺第十世をついだと宮《みや》栄二は述べている。

良寛の父以南が京都に赴いたことは前に述べたが、以南追悼句集『天真仏』の中で、与板《よいた》の畔鵡《はんぶ》は「予も京師にいたり南子を尋ければ、長崎とやらむに杖ひかれしよし」とあり、良寛が九州行脚に向かっているのを聞いて、以南は脚気《かっけ》の病をおかして、良寛に会うため長崎まで足を伸ばしたと書かれている。

逸話では良寛は西長崎まで行き、中国に渡って仏法をきわめようとしたが、船頭が良寛の汚い身なりを見て、乗船をことわったために目的がはたせなかったという。

貞心尼が以南のことを書いた文で、自殺説の後に「またひそかに高野山に登られしと言う説も有しと也」と高野山逃避説にも触れているが、ほかに高野山説がないわけでもない。

良寛が父の足跡をたずねて高野山に赴いたのか、高野山をよんだ良寛歌がある。

たかののみてらにやどりて
つのくにの　たかののおくのふるでらに　すぎのしづくを　ききあかしつつ

高野山の歌についてはさらに後述するが、「つのくに」とは「きのくに」の誤りであろう。

故郷への旅

良寛にとって越後はやはり懐かしい土地である。玉島に向かった若いときには、「出家の道心なきは其の汚やこれを如何せん」と気概に燃えていたが、一寺をもつ欲望もわかず、寺を経営する能力も自らないと自覚し、「騰々任運《とうとうにんうん》」――自然にまかせて悠々として過ごすことのできる地は、やはり越後が一番よいと感じたのであろう。越後に帰れば宗門での栄達の欲も捨て切れるであろう。宗祖道元がいった「郷に帰る莫《なか》れ」とは出世する人の場合で、世捨て人の良寛には関係ないことである。良寛は越後でなければあのように悠然と生きてゆけなかったのかもしれない。

良寛の越後帰郷の時期については数説あるが、一応寛政八年（一七九六）とみてよいだろう。『出雲崎編年史』では、良寛は京都に向かい、以南の七十七日の法要に参じたとある。

良寛の詩に「中元の歌」と題するものがある。「母去悠々父亦去、悽愴哀惋何頻々……」とかなり長い詩であるが、そのなかほどに「去歳去京為涕泣《ていきゅう》」とあって、京都で父をしのんで涙を流して泣いたと記している。

帰郷の際には高野山の山本家の墓にもうで、その後長年憧れていた西行《さいぎょう》の遺跡をたずねたらしい。おそらく玉島で国仙の命日を過ごし、その後に越後に向かったのであろう。

良寛は玉島を出て、岡山—赤穂《あこう》—韓津《からつ》—高砂—明石—須磨《すま》—有馬—大坂—弘川—吉野—立田山—高野山—和歌の浦—京都—近江路をへて越後入りをしたと思われる。良寛はその道中、いろいろなところで歌をよんでいるので、その歌から旅路をしのんでみよう。

赤穂

あこうてふところにて天神の森にやどりぬ、
さよふけがたあらしのいとさむふ《ママ》ふきたりければ
やまおろしよいたくなふきそしろたへの　ころもかたしきたびねせしよは

現在、赤穂城跡に、自然石の良寛歌碑が建てられている。

韓津

つぎのひはからつてふところにいたりぬ、

こよひもやどのなければ

おもひきやみちのしばくさうちしきて　こよひはおなじかりねせんとは

高砂

高砂の尾の上の鐘の声きけば　今日のひと日は暮れにけるかも

明石

浜風も心して吹けちはやぶる　神の社に宿りせし夜は

須磨

あなたこなたとする中に日くれければ、

宿をもとむれども独ものにたやすくかすべきにもあらねば

よしや寝んすまの浦はの波まくら
　　有馬
ささのはにふるやあられのふるさとの　やどにもこよひ月を見るらむ
　　大坂箕面《みのお》勝尾寺
幾度かまゐる心は勝尾寺　ほとけの誓たのもしきかな

大坂箕面の勝尾寺から京都に出て弟の香《かおる》に会った。香は嵯峨《さが》へ、良寛は南下して大坂河南の弘川寺を訪れている。弘川寺には西行の墓がある。

　　西行法師のはかにまうでて花をたむけてよめる
たをりこしはなのいろかはうすくとも　あはれみたまへ心ばかりは

良寛は前にも記したように高野山にのぼり、『高野紀行』を書いた。

さみつ坂といふところに里の童の青竹の枝をきりて売り居たりければ
こがねもていざ杖かはむさみつ坂

良寛は青竹を杖にしようとして、子どもから買ったらしい。その後、道を西にとって和歌の浦に行ったようである。

ながむれば名もおもしろし和歌の浦　心なぎさの春にあそばん
ひさかたの春日にめでる藻塩草　かきぞ集むる和歌の浦わは

その後の道のりは明らかではないが、『北越偉人　沙門良寛全伝』では、「熊野に登り伊勢に詣づ」とあり、伊勢では次の歌をよんでいる。さらに立田山を通ったのであろう。

伊勢の海波しづかなる春に来て　昔のことを聞かましものを

立田山
立田山紅葉の秋にあらねども　よそに勝れてあはれなりけり

円通寺時代の良寛はほとんど漢詩が中心だったが、旅の印象記はいずれも和歌が多い。旅の歌には越後帰りの歌以外のものも含まれているかもしれないが、とにかく堂上《どうじょう》派《は》歌風がその底に潜《ひそ》んでいるような気がしてならない。

その後五合庵《ごごうあん》に入ってからは古今調になってくる。しかし晩年は万葉調が主流となった。そして、それまで学んだ歌を積み重ね、さらにそれらを超越するなかで良寛独自の精神美を表現した良寛調へと発展していった。

良寛帰郷の旅は江戸に出て少し遊んだ後に善光寺を参拝し、越後に入ると糸魚川《いといがわ》に立ち寄った。帰郷の経路については桑名から中仙道を通ったなどの説もある。

良寛は帰郷に当たって、大和尚のように錦を着て帰る気持ちはさらさらなかったが、それにしてもあまりにもみすぼらしい法衣では、故郷の人々が好奇の眼差《まなざ》しを向けるのではないかと思うと心が暗かった。高野山からの道中で、こざっぱりとした衣《ころも》を買いたいと思ったがお金がなかった。そのことを嘆いた詩がある。

高野道中買衣直銭　　高野道中、衣を買わんとして直銭《じきせん》なし。
（無、脱落）
一瓶一鉢不辞遠　　一瓶一鉢《ぱつ》遠きを辞せず。

裙子褊衫破如春
又知嚢中無一物
総為風光誤此身

裙《くん》子《す》褊衫《へんざん》破れて春を如《いかん》せん。
又知る、嚢中《のうちゅう》一物無きを。
総《すべ》て風光の為にこの身を誤る。

良寛はよれよれの姿で、二十年ぶりに越後の糸魚川に着いたが、病気になってしまったので神官の家に泊めてもらって静養した。そのときの雨はあまりにもひどい雨で、心細さがいっそうつのるばかりであった。

一衲一鉢裁是随
扶持病身強焼香
夜雨蕭々蓬窓外
惹得廿年羇旅情

一衲《のう》一鉢《ぱつ》裁《わず》かに是《これ》随ふ、
病身を扶持《ふち》して強《し》ひて香《こう》を焼く。
夜雨蕭々《しょうしょう》たり蓬窓《ほうそう》の外、
惹《ひ》き得たり廿年羇旅《きりょ》の情。

長旅の疲れのためかついに糸魚川で倒れた。心を強くして座禅をくんで、たゆとう香に心を静めて雨の音をきく。二十年をかえりみて、これから故郷のできごとに想いをいたすと、いろいろのことが頭のなかをかけめぐる。

還郷作
出家離国訪知識
一衣一鉢凡幾春
今日還郷問旧侶
多是北邙山下人

郷に還《かえ》るの作
家を出で国を離れて知識を訪ね
一衣一鉢《ぱつ》凡《およ》そ幾春ぞ
今日郷に還って旧侶《きゅうりょ》を問へば
多くは是《これ》北邙《ぼう》山下の人

家を出て名僧について修行すること数年、今日故郷に帰ってみると知人の多くはすでに姿を見ることができず、まさに浦島太郎のような孤独な心境だった。
母の生国佐渡ヶ島が見える海岸に住めば、きっと心が安まるだろうと思ったが、荒波が打ち寄せる怒濤の厳しさは、温暖な地から帰ってきた良寛にとっては、骨身にしみて辛くこたえた。

空庵住まい　良寛は越後に入ったが、没落した生家には近寄りがたく、人目をはばかりながら住むところを探したのではないだろうか。

来てみればわが故里は荒れにけり　庭もまがきも落葉のみして

通説では最初に郷本《ごうもと》の塩焼き小屋へ入ったといわれているが、とりあえず中山の西照坊に入ったものと思われる。

この中山の西照坊は、中山の南波家の妙喜尼が安永二年（一七七三）に創建したものという。良寛こと文孝が安永四年（一七七五）光照寺で出家し、安永八年（一七七九）に国仙に伴われて玉島に行くまでの四年間、中山附近にまで托鉢に行ったのであろうし、春には西照坊附近まで出かけて山菜とりをしたのであろう。しかも橘屋こと山本家と南波家は旧知の間柄であった。したがって、良寛は西照坊の存在を知っており、ひとまずそこに落ち着いたと考えられる。

良寛が玉島円通寺で修行していた時代は、寺が大寺のため幕藩体制のなかに組み込まれ、社会の動きが直接僧たちに影響することは少なかった。しかし越後に入って一人で生活するにも、周囲の庶民や農民に囲まれて生きてゆくためにも、今度はもろに当時の世相が響いてくるわけである。

田沼意次《たぬまおきつぐ》が明和九年（一七七二）に筆頭老中になると権力をほしいままにし、年貢徴収が過酷になり、農民は反発して一揆《いっき》を起こすようになった。これに対して幕府は弾圧政策をとり、一揆鎮圧のためには鉄砲さえ許可したのである。また、新田開発は税増収の有力な手段として奨励された。

幕府は財政確保のため代官を通して庄屋に納税を督促《とくそく》し、庄屋は直接納税事務を担当していた寺院に強要した。しかし、代官と農民の間で板ばさみになって苦しんだのは庄屋だった。そして佐倉《さくら》宗五郎《そうごろう》や義民与茂七《よもしち》などの庄屋層が奮起した例が一揆で、彼らはそれぞれ極刑に処せられた。

この世相のなかで、大而宗龍《だいじそうりゅう》が「世に貧民ほど哀れなるはなし」と救済に奔走する姿を見て、良寛は大いに感激した。

良寛が越後に帰った寛政八年（一七九六）頃、意次は賄賂《わいろ》政治で失脚し、かわって老中になった松平定信《まつだいらさだのぶ》は僧侶《そうりょ》を「無益な者」として批判した。

その頃は子どもが多く、何にもなれそうもない者を僧にした。僧にするのも口べらしの方法の一つであったのだ。したがって僧にとっては決して住みやすい時代ではなかった。

こうした幕権の支配下で虐《しいた》げられた宗門に対し、宗祖の宗教に還ろうとする生き生きとした動きが潮流となって現れはじめた。良寛が国仙のもとで西来《さいらい》派の型にはめこまれたことはむしろさいわいであった。やがて自力で型から抜け出し行雲流水《こううんりゅうすい》の境涯に生きたのも、「西来家訓」が大きくかかわっていたに違いあるまい。良寛こそ西来家訓の実践者であったと思われる。寛政八年（一七九六）頃に郷本に入った。

『北越奇談』に次の一文がある。「一夕旅僧一人来って、隣家に申し、かの空庵に宿す」。これは郷本の空庵を指したものであろう。その空庵は現在の岸から十数メートルの海中にあった。空庵から少し坂を登ると玄徳寺の本堂があり、その敷地内に「良寛空庵跡」の碑が二基あって、門前の一基に並んで「傭作《ようさく》」の詩碑が建っている。

傭作

家在荒村裁壁立
転展傭作且過時
憶得疇昔行脚日
衝天志気敢自持

傭作

家は荒村《こうそん》に在りて裁《わず》かに壁立《へきりつ》し、
転展《てんてん》傭作して且《しば》らく時を過ごす。
憶《おも》ひ得たり疇昔行脚《ちゅうせきあんぎゃ》の日、
衝天《しょうてん》の志気《しき》敢《あえ》て自ら持せしを。

郷本の空庵は荒村（片田舎）にあって、壁が少し残っている程度の廃屋である。良寛はあちこちにやとわれて糊口《ここう》をしのいできた。托鉢《たくはつ》なら僧としての誇りも失わないが、人に使われるのは何ともみじめさを感じる。修行行脚をしていたときは、天を衝《つ》くほどの生きがいを感じていたが、帰郷してみて現実の厳しさをいやというほどしらされた。

暁

二十年来帰郷里
旧友零落事多非
夢破上方金鐘暁
空牀無影燈火微

暁

二十年来郷里に帰る
旧友零落《れいらく》し事多く非なり
夢は破る上方金鐘の暁
空牀《くうしょう》　影無く燈火微《ほの》かなり

二十年ぶりに郷里に帰ったが、すでに両親はなく、友人も死亡したり落ちぶれたりと、寂しいかぎりだった。

郷本にいた頃のことだが、一つの逸話がある。良寛が郷本の空庵にいるとき、塩たき小屋が火事になり、良寛は犯人として村人に生き埋めにされそうになった。さいわいそこを通りかかった医師の小越《おごし》仲珉《ちゆうみん》が魚と酒を村人にやって許してもらったということだ。こんなことがあって良寛は郷本にいづらくなったのか、わずか半年後にその地を去った。

その後は『北越奇談』によると「後行く所を知らず、年を経てかの五合庵に住す」とあり、郷本以後の消息は明らかではない。

故郷に帰った良寛は未知の人々の世界に投げ出され、心細いきわみであった。さいわいなことに子陽塾で同門だった原田鵲斎《じやくさい》が健在であった。

原田鵲斎は寺泊の真木山で医師を開業していた。彼はなかなかの文化人で、しかも交友が広かったので、五合庵を良寛に紹介したのは鵲斎ではないかといわれている。鵲斎については、原田家の項で詳述する。

五合庵　良寛が五合庵に住んだのは寛政九年（一七九七）とみられている。越後平野が遥かに展望できる海抜三百十三メートルの国上山《くがみやま》山頂に国上寺《こくじようじ》がある。そこから細い山道をかなり下ったところに猫のひたいのような平地があり、そこに五合庵が建っている。

私はある雨の日に五合庵をたずねてみた。山道のあちらこちらに木の根が張り出し、雨水を集めた急流が飛沫《しぶき》をあげ、足をさらわれそうで歩くことさえ大変であった（現在山道は整備されている）。

良寛が「雨の日はあわれなり良寛坊」とうたった歎きが実感として胸に響いて感じられた。強い雨の日は庵より出ることさえできなかったであろう。庵のなかは無一物で、空虚な雰囲気が漂っていたことであろう。庵の外には一むらの竹林が濡れた重い頭を垂れ、忍従に耐え、晴れ間を望んでいる。

五合庵

このうら寂しい庵で弟の香《かおる》の死を知った。香は寛政十年（一七九八）三月二十七日、京都で死亡した。二十八歳の若さだった。

良寛自筆の山本家過去帳二十七日の条に「願海円成上坐、寛政十戊午三月」と記されてある。また、橘屋山本家菩提寺の円明院過去帳にも「於京都病死、即東福寺境内葬焉」と書かれているという。香は宮中の詩会にも出席していた国学者であるから、当然勤皇派に属していたために幕府にねらわれていた。そんな理由からか良寛は香の死についてはほとんど触れていない。その二年後、寛政十二年（一八〇〇）に二番目の弟の観山房宥澄《ゆうちょう》が正月五日に死亡した。三十一歳であった。山本家過去帳には「五日快慶法印　正月」と記されている。

宥澄は橘屋山本家菩提寺の円明院で得度出家し、同寺の十世住職となっている。

自分より若い弟たちが次々に死亡したことは、たとえ悟りを得たとはいえ、良寛にとっては深い悲しみで、いまさらのように人生の無常を胸にこたえて感じたに違いあるまい。

寛政十三年（一八〇二）俳人前川丈雲によって、以南追善句集『天真仏』が京都の菊舎六兵衛書店によって出版された。丈雲は以南より五歳年上の俳人で、以南とは三十年来の俳句仲間であった。彼は七十二歳の老齢をおして各地の高名な俳人から哀悼吟を集め、良寛らの肉身の句ものせている。次にあげるのは、この句集にある良寛の俳句である。

山里にすぎやうしけるをり、夜のいと心うきに雁の鳴ければ
そめいろの音信告《おとずれつげ》よ夜の雁　　良寛

良寛は、親鳥が子鳥をはぐくむような父以南の愛情を全身に浴びる機会は少なかったが、それでも父は父であり、血を継いだ父の死は身を削るように悲しかった。

父の死、弟たちの死、孤独にはなれていたはずの良寛であっても、身内の死には、つくづく運命のはかなさを感じさせられた。

庵はただでさえもの寂しい。ある日、石地の庄屋内藤久武が五合庵を訪ねて歌の贈答をしたが、そのなかに次の歌がある。

いつよりもこころにかけしきみが庵　尋ね来にけり今日ぞうれしき

次の歌はそれに対する良寛の歌である。

わがやどは竹の柱に菰すだれ　しひてをしませひなづきの酒

この歌からは貧弱なつくりの庵が想像できるだろう。さらに次の漢詩には、五合庵の詳しいようすがうたわれている。

索々五合庵　　索々《さくさく》たる五合庵
実如懸磬然　　実に懸磬《けんけい》の如く然《しか》り
戸外竹一叢　　戸外竹一叢《ひとむら》
壁上偈若干　　壁上偈《げ》若干

釜中時有塵
竈裏更無烟
唯有隣寺僧
仍敲月下門

釜《ふ》中時に塵《ちり》有り
竈裏《そうり》更に烟《けむり》無し
唯《ただ》隣寺の僧有り
仍《しきり》に敲《たた》く月下の門

庵では寂しさがこみあげてくる。梁《はり》が磬《けい》（楽器）をかけたように見えるだけで貧しくて何もない。屋外には竹林がひとむら生え、室内に詩を書いた紙が若干あるのみ。食物もなくなり、釜の中に塵がたまるほどである。したがって煙も出ない。隣村の僧であろうか、月夜に戸をたたく音がする。庵全体に寂寥《せきりよう》感が漂っているだけである。

このような清貧の生活のなかでは、地位や名誉、ましてや財産も望まず、まさに「身心脱落」の境地で過ごした。

萬元和尚の文に「筵《むしろ》八畳」と記してあるから、八畳敷き程度の広さがあったと思われる。良寛の歌からすれば「槇《まき》の板屋」とあるから、木端屋根の竹の柱で、どしゃ降りのときなど多少雨もりぐらいはしたかもしれない。五合庵のまわりには井戸がなかったようだから、近くの山で清水をくんだものか、または国上寺か本覚寺あたりからもらい水をしたのかもしれない。五合庵の生活のなかで、逸話が一つある。

庵の縁《えん》の下から筍《たけのこ》が生え、それが伸びて天井まで届きそうになった。そこでものの生命を尊んだ良寛は、竹がのびのびと成長するようにと願って、天井に穴をあけてやろうと考えた。しかし穴をあける錐《きり》や道具がない。そこでしかたなくローソクの火で穴をあけようとして、別棟の便所を全焼してしまった。

五合庵のまわりには竹林があったが、良寛は竹の素直さ、柔軟さ、高潔さ、虚心さ、清純さなどを認めて、このうえなく竹を愛した。

余家有竹林
冷々数千竿
笋迸全遮路
梢高斜払天
経霜陪精神
隔煙転幽閒
宜在松柏列
那比桃李妍
竿直節弥高

余が家は竹林に有り
冷《れい》々たる数千竿《かん》
笋《じゅん》は迸《ほとばし》って全く路《みち》を遮《さえぎ》り
梢《こずえ》は高く斜めに天を払ふ
霜を経て精神を陪《つちか》ひ
煙を隔てて転《うた》た幽閒《ゆうかん》
宜《よろ》しく松柏の列に在るべく
那《なん》ぞ桃李の妍《けん》に比せむ
竿《さお》は直く節 弥《いよいよ》 高く

心虚根愈堅
愛爾清貞質
千秋庶無遷

心虚しく根いよいよ堅し
爾《なんじ》が清貞の質を愛す
千秋　庶《こいねが》わくば遷《うつ》すこと無かれ

良寛は解良叔問《けらしゅくもん》宛にも竹についての詩を書き、手紙を送っている。

III

騰々任運《とうとうにんうん》の人生

いが栗の山路

良寛の生活は清貧に徹していたといってもよいだろう。次の詩は、五合庵《ごごうあん》でよまれたものと思われる。

清貧安居《あんご》

襤褸又襤褸
襤褸是生涯
食裁乞路辺
家実委蒿萊
看月終夜嘯
迷花言不帰
自一出保社
錯為箇痴獃

襤褸《らんる》又《また》襤褸、
襤褸是《これ》生涯。
食は裁《わず》かに路辺に乞ひ、
家は実に蒿萊《こうらい》に委《まか》す。
月を看《み》て終夜嘯《うそぶ》き、
花に迷うて言《ここ》に帰らず。
一たび保社《ほしゃ》を出でしより、
錯《あやま》って箇《こ》の痴獃《ちがい》と為る。

衣服はぼろを継ぎ合わせ、この破れ衣《ごろも》のようにその場をしのぐのが精いっぱいの毎日である。食物は、どうにか托鉢《たくはつ》によって道端の家々に乞《こ》い求め、庵《いおり》はよもぎが生《お》い繁るのにまかせている。すべてが乏しく、みるかげもない生活といってもよい。月の美しさにみとれては夜どおし詩歌を口ずさみ、花が咲けば心を奪われて帰ろうともしない。このように人並みではなく是非をわきまえない愚か者になってしまったのは、俗世間を離れてからである。そして自らを痴獃《ちがい》としてとらえ、あざ笑っている。

次の詩は、良寛の生活は貧しくても心は満ち足りたようすをうたった有名な詩である。

生涯懶立身
騰々任天真
嚢中三升米
炉辺一束薪
誰問迷悟跡
何知名利塵
夜雨草庵裡
双脚等間伸

生涯身を立つるに懶《ものう》く、
騰々《とうとう》天真に任《まか》す。
嚢中《のうちゅう》三升の米、
炉辺《ろへん》一束の薪《たきぎ》。
誰か問はん迷悟《めいご》の跡、
何ぞ知らん名利《めいり》の塵《ちり》。
夜雨《やう》草庵《そうあん》の裡《うち》、
双脚《そうきゃく》等間《とうかん》に伸ばす。

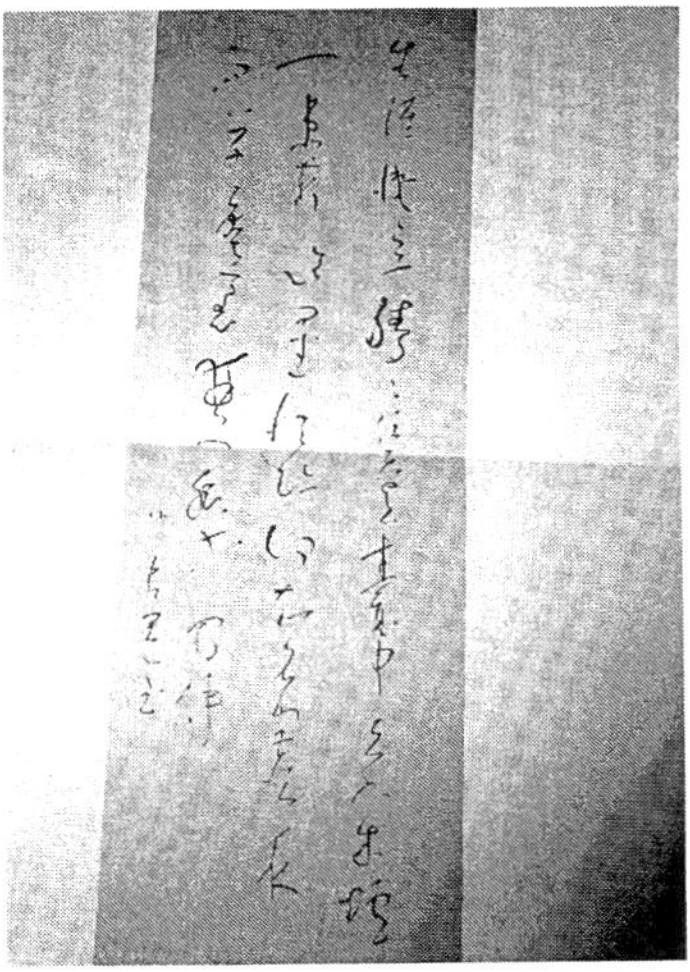
「生涯懶立身」の良寛書

庵の中は小宇宙の一つである。俗世の立身や出世は幻でしかない。良寛はこの小宇宙のなかで、ものにこだわらずのびのびと自然にまかせて生活をしていた。庵中《あんちゅう》には三升の米と一束のたきぎがあれば生活をするのに十分だ。何ごとにも、とらわれるものはない。夜の雨の音を聞きながら、草庵で両足を思いのまま伸ばして、安らかな時間を過ごすことができればよい。まさに身心総脱落の心境である。

草庵の入口に菰《こも》を吊っておく程度だから藪蚊《やぶか》の侵入は当然である。ことに山の藪蚊は大きいから、蚊帳《かや》なしでは大変である。

良寛が山で蚊帳を使っていたことは、解良《けら》家宛の手紙のなかで、「かやは宝珠院にあつらひおき候間、ぬす人のきづかひ無之候。此度は返さい不仕」とあるから、良寛は解良家から蚊帳を借りたか、もらったものであろう。また過去に蚊帳を盗まれたことがあったらしい。

そこで夏になると蚊帳を吊り、涼しくなると近くの宝珠院にあずかってもらったのであろう。良寛は蚊帳を吊っても、片足は蚊帳から出して蚊が刺すのにまかせていた。蚊帳を吊るのは、眠っているうちにしらずしらずに蚊をたたき殺すと悪いからで、蚊帳を吊らないと耳もとでブンブン音がして安眠できないし、大藪蚊に全身を刺されるのは良寛といえどもやはり辛いからであろう。ノミ、シラミについては案外と平気であった。

小春日和《びより》のあたたかな日、良寛は縁に出てやわらかな日差しを背に受け、着物のなかからシラミを一匹ずつ取り出しては紙の上にのせ、日なたぼっこをさせていた。やがて日が西に傾くとふたたび紙の上のシラミを包み、ふところに入れて可愛がっていたという。良寛の歌に、「のみしらみ音になく秋の虫ならば　わがふところは武蔵野の原」というのがあるが、良寛は害虫まで愛し、万物を愛する慈悲心をもっていた。たしかに良寛は長年の行脚放浪の生活のなかで、虫に対する抵抗力、免疫性が自然に備わって、虫に対しては平気であったのかもしれない。

庵には何もなかったが、大切な石地蔵が二個あった。暑いときなど、昼寝のときに枕がわりにしたという。次の詩はその石地蔵をうたったものといわれている。

対君君不語　　君に対し君語らず
不語心悠哉　　語らざるは心悠なるかな
帙散床頭書　　帙《ちつ》は散ず床頭の書
雨灑簾前梅　　雨は灑《そそ》ぐ簾《れん》前の梅

この石地蔵の一個は、出雲崎《いずもざき》の良寛堂の中央にある石塔に枕地蔵としてはめこまれている。

良寛が五合庵に在住していた時代は、世相はかならずしも平穏ではなかった。貧困の波が世をおおった。無一物の五合庵にさえ泥棒が入るのであるから、どこでも生活が苦しかったに違いない。

年々の不作続きで、餓死寸前の人さえあった。
ある日、盗人《ぬすっと》が五合庵に入ってきたが、盗むような品物は何もない。せっかく山まで登ってきて手ぶらで帰るわけにもゆかず、盗人は良寛が寝ている掛《か》けぶとんをそーっと取りはずした。良寛はとるものが少なくてがっかりしている盗人を見て気の毒になり、わざと寝返りをうって敷きぶとんをとらせてやった。泥棒は二枚のふとんを持って闇のなかへ消えていった。

盗人にとり残されし窓の月

良寛はふとんをなくしたために風邪をひき、しかたなく出雲崎の生家にふとんをもらいに行ったという。五合庵は一人暮らしで、鍵もかけていないので、よく泥棒に入られたらしい。

逢賊
禅版蒲団把将去
賊打草堂誰敢禁
終宵孤坐幽窓下
疎雨蕭々苦竹林

賊に逢ふ
禅版蒲団把《と》り将《も》ち去る
賊草堂を打す誰か敢て禁《とど》めむ
終宵孤坐す幽窓の下
疎雨蕭《しょうしょう》々たり苦竹の林

山美しく

春の五合庵はもえる緑に包まれて清々しく美しい。冬の雪の圧迫感から解放され、良寛はうきうきと弾む心をおさえながら、野山や里へと誘われて出かける。里では子どもたちが「良寛さまがくる頃だ」と待っていてくれるであろう。

ひさかたの空てり渡る春の日は　庵のどけきものにぞありける

春は美しい花がわがもの顔に咲きほこる。良寛は花が大好きであった。あの花この花と花を摘み、かぐわしい香りに酔い、春を謳歌《おうか》するのであった。

鉢の子にすみれたんぽぽこきまぜて　三世《みよ》の仏にたてまつりてん

ときには紙に描いた仏に花を捧げ、ときには食膳にはなやかな色どりを添えることもあった。夏の五合庵は入口の菰《こも》の隙間から涼風が流れ込んでくるかもしれないが、同時に耳ざわりな音が入り込んできたらしい。

あしびきの山田の原に蛙《かわず》なく　ひとりぬる夜のいねられなくに

ほととぎすいたくな鳴きそさらでだに　草の庵はさびしきものを

秋の五合庵は紅黄緑の錦の色に取り囲まれる。秋の月は皓々《こうこう》と輝き、良寛をなかなか寝かせてくれない。庵の周辺では尾花が名月を眺めよとばかりに、手招いてくれる。枝いっぱいにこぼれるばかりに花をつけた萩。それに虫の音、鹿の声、良寛を慰めてくれるものはたくさんあった。

いざ歌へわれ立ち舞はんぬば玉の　今宵の月にいねらるべしや
あしびきの山の紅葉をかざしつつ　遊ぶ今宵は百夜つぎたせ
この岡の秋萩すすき手折りもて　三世の仏にたてまつらばや

冬の五合庵は大変である。連日の吹雪ともなれば里に降りることもできず、米はなくなり、飢餓は刻々と迫ってくる。思っただけでもぞーっとする。吹雪のやむのを祈るばかりである。まして厳しい冬の夜の寒さ、心まで氷る寒さに、夜はまんじりと眠ることさえできない。

柴の戸のふゆの夕の淋しさを　浮き世の人にいかで語らむ

山を吹きぬける風は裏の竹林にごうごうと響き、ときおり竹の枝からどさりと雪の落ちる音がする。修行のためとはいっても老いの身の庵住まいは苦しく、何度か山を降りようと迷ったかもしれない。次の詩で冬の厳しさをうたっている。

蕭条三間屋
摧残朽老身
況方玄冬節
辛苦具難陳
啜粥消寒夜
数日遅陽春
不乞斗升米
何以凌此辰
静思無活計
書詩寄故人

蕭条《しょうじょう》たる三間の屋
摧残《さいざん》たる朽老の身
況《いわん》や玄冬の節に方《あた》り
辛苦具《つぶさ》に陳《の》べ難し
粥《かゆ》を啜《すす》って寒夜を消し
日を数へて陽春を遅しとす
斗升の米を乞《こ》はざれば
何を以《もっ》て此《こ》の辰《とき》を凌《しの》がむ
静かに思ふも活計無し
詩を書して故人に寄す

せまくてもの寂しい草庵、老年の身、厳しい冬の夜の寒気、毎日減ってゆく米、この寂しさや苦しさはだれからもわかってもらえそうにもない。いくら考えてもよいてだてはまれそうにもない。良寛は生きるためにこそ詩をつくり、知人に米を頼んでいる。この詩からの孤独感、寂寥《せきりょう》感は読む人の心に響いてはなさない。

仮住まい

寺泊《てらどまり》は出雲崎とは浜続きの隣町で、托鉢の行動範囲でとくに親しみ深いところだ。

良寛は享和二年（一八〇二）に五合庵を出て、寺泊の照明寺境内の末寺密蔵院に入った。照明寺は国上寺《こくじょうじ》と同じ真言宗であったので、割合に気やすく住み込めたのであろう。良寛は同寺の十三世良《りょう》恕《じょ》と親しい間柄であったので、生涯のうち三回ぐらいはここで世話になっていたようだ。

寺泊にある密蔵院

石段を登ると正面に観音堂があり、伝空海作という聖観音が祀られている。この仏像は徳川綱吉の母桂昌院《けいしょういん》の霊示により、村上からここに移したものといわれる。その左手に密蔵院があり、そこから海を眺める風光も実に素晴らしい。

密蔵院は天保十二年（一八四一）に参籠《さんろう》の人のローソクの火がもとで全焼した。しかし、昭和三十三年に再建され、良寛が信仰したといわれる阿弥陀三尊仏が安置されている。密蔵院に仮住まいしているときにつくったと思われるのが次の和歌である。

寺泊に飯《いひ》こひて
あしたには上《かみ》にのぼりてかげろふの　夕さりくればくだるなりけり

歌の中の「のぼる」というのは上方（京都）に向かうことで、「くだる」はその逆をいう。

こきはしる鱈《たら》にも我は似たるかも

〃飯《いひ》こひ〃とは「托鉢行脚《たくはつあんぎゃ》」のことで、道元が開示した「只管打坐《しかんだざ》」とともに曹洞宗の修行の基本であり、良寛は長年この道を律義に通してきた。良寛は托鉢の途次でもつねに心に余裕をもって、砂上に棒で字を書いて書の勉強をし、詩や和歌をつくって独習し、文芸の道を忘れなかったようである。密蔵院で次の歌と漢詩をうたっている。

密蔵院におりしとき

よあくればもりのしたいほからすなく　けふもうきよのひとのかずかも

寺泊駅照明寺境地
　密蔵院仮住之時
観音堂側仮草庵
緑樹千章独相親
時著衣鉢下市朝
展転飲食供此身

寺泊駅照明寺境地
　密蔵院仮住の時
観音堂側《そば》草庵を仮り、
緑樹千章《りょくじゅせんしょう》独り相親しむ。
時に衣鉢《いはつ》を著《つ》けて市朝《しちょう》に下り、
展転《てんてん》飲食此の身に供す。

良寛は観音堂脇の草庵を仮りて住み、繁茂する緑の木々を眺めては心を和《なご》めている。ときには托鉢のため山をおりて町に出て、あちらこちらの家を回って托鉢を受けている、という漢詩である。

寺泊にはいくつかの良寛の逸話が残っている。良寛はよく托鉢をして、妹の嫁《か》した外山家を訪れた。良寛書が珍重されているとかねてから聞いていたので、同家でも一筆書いてもらいたいと思ったが、なかなかその機会がなかった。

ある雨の日、良寛は雨宿りのため外山家に立ち寄った。そこで雨だからと家に招き入れて接待した後、白扇箱を出して「今日は書いてもらわないうちは帰しませんよ」といって執筆を強要した。

良寛は笑いながら「雨のふる日は、あはれなり良寛坊」と何本かの白扇に同じ句を書いたという。

ある日、良寛は寺泊の某家に招かれた。夕方その家に着いたとき、たまたま夫婦げんかの真っ最中であった。良寛はこっそり同家に上がりこんでそのまま眠ってしまった。翌朝夫婦は仲なおりをして仲むつまじく笑顔で接待してくれたので、良寛は次の詩を書いて立ち去ったという。

昨夜窓前風雨烈　昨夜窓前《そうぜん》風雨烈《はげ》しく
和根推倒海棠花　和根推《お》し倒す海棠《かいどう》の花

夫婦はこれをみて顔を赤らめ、笑い合ったという。

良寛は酒好きなので、よく醸造元の大越門平宅に立ち寄っては酒を御馳走《ごちそう》になった。あるとき門平が酒を持って良寛の庵を訪ねた。良寛は家に茶碗がなかったので、火葬場から欠けた茶碗を拾ってきて酒をついで出してくれた。門平は気持ちが悪くなり飲むまねをして帰ったという。ほかにも茶碗を火葬場から拾ってきて接待をした話がいくつかある。

寺泊は漁夫の町で遊廓《ゆうかく》が何軒かあった。遊女《ゆうじょ》たちはひまであったのか、良寛をみつけておはじき仲間に誘い入れて遊びに興じた。それを聞いて弟の由之は、外聞をおそれて歌でそれとなく忠告したが、良寛は平然として逆に歌で由之をさとしている。

浮かれめとはじきてふものし給へると聞きて
墨染の衣着ながら浮かれ女と　うか〳〵遊ぶ君が心は　由之
かへし
うか〳〵と浮世をわたる身にしあれば　よしやいふとも人はうきよめ
又問ふ
うか〳〵とわたるもよしや世の中は　来む世のことを何も思はむ
かへし
この世さへうから〳〵とわたる身は　来む世のことを何と思ふらむ

遊女たちは七歳ぐらいから十四〜五歳ぐらいの子どもといってもよいほどのものが多かった。良寛は遊女という対象としてみたのではなく、子どもとしてみて不憫《ふびん》に思ったのであろう。良寛はすでに現世も来世も超越して解脱《げだつ》の境地に達しており、むしろ由之に職業差別をしないで、人としての慈悲心をもつようにとさとしたのではないだろうか。

またあるときに良寛が遊廓を通りかかったら、突然一人の遊女が良寛の袖にすがって泣き出した。良寛がわけをきくと、遊女は両親と幼い頃に死に別れて顔もよくわからない。ところが昨夜父親が夢の中に出てきたが、今あなたをみていると父親のような気がしてならない。そのために泣きすがったということだった。

『良寛禅師奇話』には、「是話師自ラ語ラレシ、余幼クシテ始終ヲ詳ニセズ、知ル人ニ聞カン」とあるが、著者の解良栄重《けらよししげ》も若すぎたのでよく理解できなかったようである。

いずれにしろ良寛は、人と接するときには差別をしないで公平だった。それゆえに多くの人々に愛されたのであろう。

寺泊徘徊《はいかい》　良寛は寺泊の回船問屋の米屋こと本間家にもよく立ち寄っている。そして同家に対する詩歌に次のものがある。

訪米屋山斎
因礼観音来此地
正是前山夕陽時
庭階虫鳴秋寂々
野草間花没杖滋

米屋山斎を訪ふ
観音を礼するに因《ちな》みて此《こ》の地に来る
正《まさ》に是《これ》前山夕陽の時
庭階虫鳴いて秋寂々《じゃくじゃく》
野草間花杖を没して滋し

本間山斎にて

鳥ともひてな打ちたまひそみそのふの　かいだうの実をはみに来にけり
けふもまた海棠の実をはみにきぬ　いかくれたまへわが帰るまで

詩中の観音とは寺泊の照明寺の観音堂をさしたものであろう。
寺泊の山田には良寛の花盗人《はなぬすっと》という逸話がある。良寛はある年の秋、あまりにもきれいに咲いている菊をみて、ついうっかり菊を折って持ち去ろうとした。それをみつけた主人はみとがめ、数日後にそのようすを絵にしたものを持ってきて、これに賛をしてくれなければその罪を許すことはできないといった。良寛はしかたなく次のように書いた。

良寛僧がけさのあさ花もてにぐる　おむすがた後のよまで残らむ

良寛は寺泊の円上寺の小林家にもよく立ち寄っている。同家には母親を絵にしたものがあった。それはやや腰が曲がって杖《つえ》をついた温顔の老婆を描いたもので、あるときその絵に賛を頼まれた。そこで良寛は次のように書いた。

よのなかのうきもつらきもなさけをも　わがこをおもふゆへにこそしれ

良寛は常禅寺にもよく立ち寄った。住職は良寛の顔をみるたびに書を頼んだが、「私は書家ではないから」といつもことわられていた。そこで住職は一案を考え、家の者を使って、搭袈裟《たっけさ》の偈《げ》はどうだったかとたずねさせた。すると良寛は「どれどれ」といって気軽に書いて、ていねいにも送り仮名までつけてくれた。

この搭袈裟の偈というのは、曹洞宗の僧が袈裟を着るおりに唱える偈文のことである。

大《ヒナル》哉解脱《ノ》服　　大いなるかな解脱の服
無相福田衣　　無相福田の衣
被奉如来《ノ》教《ヲ》　　如来の教へを被奉し
広《ク》渡諸《ノ》衆生《ヲ》　　広く諸《もろもろ》の衆生を渡す

良寛は蛇塚でも歌をつくっている。良寛と親交の深い原田鵲斎《じゃくさい》の母は蛇塚の庄屋本田家から嫁入りしているので、良寛はしばしば同家に立ち寄った。また、蛇塚には貞心尼とも親しい僧証聴も住んでいた。良寛は証聴から『王羲之法帖』二冊を借りている。次は蛇塚での歌である。

けさのあけ我がとく行けば蛇塚の　おすはの森は色づきにけり

寺泊竹の森の星彦右衛門を良寛は訪れた。夕食後に主人と一緒に風呂をもらいにゆき、帰るとき杖をもってひまごいをした。すると同家の子どもが「杖を間違えたよ」と呼びかけたが、良寛は「俺のものだ」といいながら出て行った。しばらくすると「やはり杖を取り違えた」といって良寛が引き返してきた。そこで同家の者が今夜は遅いから泊まって何か字を書いてほしいと頼んだが、折悪《おりあ》しく紙がなかったので本家の星慎三宅に紙を借りに行った。そのあいだに良寛は茶の間にかかっていた香典帳をはずして歌を書きつけ、終わるとさっさと家を出て行ってしまった。

老いの身のあはれをたれに語らまし　杖を忘れてかへる夕ぐれ

その頃の良寛の書は、識者や文化人のあいだでは相当高い評価を受け、彼らの多くが良寛書を強く所望《しょもう》していたことが、数々の逸話のなかからうかがえる。書の評判が高くなると贋物《にせもの》が出るようになった。良寛はそれを「ねせもの」といって笑っていた。

寺院転々　五合庵はもともと国上寺《こくじょうじ》の隠居所であったから、隠居する住職がいて五合庵に入ることになれば、良寛は当然五合庵を出なければならない。享和三年（一八〇三）に国上寺の住職義苗《ぎみょう》が隠居することになり、五合庵を修理して入庵した。そこで良寛は、次の歌からすると本覚院に入ったのであろう。

　本覚院につどひてよめる
やまぶきの花をたをりておもふどち　かざす春日はくれずともがな

さらに良寛は空庵を求めて同年秋、野積《のづみ》の西生寺《さいしょうじ》に仮寓《かぐう》したといわれている。それは屏風《びょうぶ》に「発亥野積村於弘智法印山内　良寛書」と書かれているからである。この発亥は享和三年（一八〇三）をさしている。

　この寺には有名な弘智法印《こうちほういん》の即身仏が鎮座している。弘智法印は下総《しもうさ》の僧で、江戸に出た後に行《あん》脚《ぎゃ》して越後を訪れ、岩坂の地で修行をしながら、長治二年（一一〇五）十月十二日に入滅したといわれている。次に示したのは辞世の歌である。

　岩坂のあるじはたぞと人とはば　すみ絵にかきし松風の音

　西生寺には、そのむかし長岡藩主がよく泊まった。藩主の宿泊部屋が往時のままの姿をとどめて現存している。寺の羽布《はぶ》板には長岡藩主の紋章三ツ葉柏《かしわ》が浮き彫りされ、寺の格の高さを誇っている。住職の案内で霊宝殿に入ると、良寛書や弘智法印の遺品などが展示されていた。

良寛は人々の罪を背負って、生きたまま成仏した尊い姿に感動したのであろう。次の詩がある。

題弘智法印像
粼皴烏藤朽夜雨
襴衫袈裟化暁烟
誰知此老真面目
画図松風千古伝

弘智法印の像に題す
粼皴《りんしゅん》たる烏藤《うとう》は夜雨に朽ち
襴衫《らんさん》たる袈裟《けさ》は暁烟《ぎょうえん》に化す
誰か知る此の老の真面目
画は松風を図《えが》きて千古に伝ふ

曲がった杖、よれよれの袈裟が朽ちてぼろぼろになっても、この老僧の心意気と絵に描かれた清らかな松風の音は、いつまでも千年までも伝えられるであろうと、良寛はよんでいるのである。

良寛の妹おむらは大庄屋外山文左衛門のところに嫁《か》していた。外山家は回船問屋であったから、海苔《のり》が手に入りやすく、その海苔をよく良寛におくってくれた。おむらは文政七年（一八二四）に死去した。墓は法福寺の墓地にある。

良寛が国上山《くがみやま》周辺に仮住まいしたのは、おむらが嫁《とつ》いだ外山家が近くにあり、外山家からは海苔をはじめ、山芋、下着、あわせなど、食品や衣類をたびたびおくってもらっていたからである。良寛は外山家に海苔がほしいと申し入れている。

越の海野積《のづみ》の浦の海苔を得ば　わけて賜《たま》はれ今ならずとも
越の浦の沖の波間をなづみつつ　摘みにし海苔は今も忘れず

享和三年（一八〇三）、尼瀬の小黒宇兵衛の長男佐久太という男の子が七歳のとき、出雲崎川西の双善寺で剃髪《ていはつ》して大忍と称したが、後に武州《ぶしゅう》（武蔵の国）の慶福寺に赴き、そこから越後に帰省した。そこに良寛はぶらりと訪ねていった。大忍は良寛より二十三歳年下であったが、あたかも兄のように良寛を慕った。彼は良寛の詩を最初に高く評価した人である。

良寛は大忍に会ったが、二人ともひとことも話さず、ただ紙に詩歌を書き合って黙するのみであったという。後に家人がその部屋に掃除に行ったら、二人の贈答詩歌が部屋いっぱいに散らかっていたという。慶福寺には相馬御風《ぎょふう》が書いた詩碑が建っている。

良寛は五合庵を出て、ふたたび五合庵に定住するまでのあいだ、密蔵院、西生寺など寺院を転々とした。牧ヶ花の観照寺もその一つである。

観照寺は牧ヶ花の外護者解良《けら》家一門の菩提寺で、解良家西方約六百メートルぐらいのところにあった。宗旨《しゅうし》は真言宗豊山《ぶざん》派。この寺はときどき無住となった。そのため葬儀や法事のときには隣町の吉田、粟生津《あおうづ》の国上寺の末寺長楽寺の僧が出向いて法事などをとりおこなっていた。良寛はおそらく解良家の縁故により、他の寺に泊まりにくいときはこの寺に泊まったのであろう。解良栄重は、「余《よ》が里、観照寺ニ寓居《ぐうきょ》セシコトアリト、余幼ナクシテ不及《およばず》」としており、良寛が観照寺に寓居したことは聞いているが、自分は幼かったのでよくわからないと書いている。

良寛は文化七年（一八一〇）頃、観照寺に数カ月滞在したらしく、次の歌がよまれている。

良寛法師に申侍る　この年牧が花に住みたまへり
すみなれし国上の山にたつ雲を　朝夕見つつ君がしのばん

良寛は寺を転々として仮住まいしたが、そのあいだにも托鉢を行い、修行のあり方を自己批判し、「無作《むさ》」が大切と割り切っている。

良寛は行雲流水《こううんりゅうすい》の自然に逆らわず自然にまかせた生き方を選び、空庵があればどこでも気軽に借庵《しゃくあん》し、きままな生活を選んだ。

Ⅳ　人は情の下に住む

まごころの人

由之《よしゆき》受難　鮎は瀬に棲む鳥は木にとまる　人はなさけの下に住む

この俚謡《りよう》は（民間のはやりうた）は良寛が好んで口ずさんだものだが、人は出会い、そして交流のなかでこそ生きてゆける。良寛の弟由之は人々との交流がへただった。話はさかのぼるが、文化元年（一八〇四）七月、出雲崎の百姓惣代吉兵衛から、

乍恐以書付御願奉申上候

出雲崎名主橘屋左衛門同役馬之助義、此度御上様より町家へ御拝借米代金幷諸上納金引負仕、左衛門義出奔仕候。……

と由之父子は訴えられたのである。

由之は肉親の血をついで風流人であったが、家が傾きかけているのに虚勢をはり、はで好みで権

勢欲も強かった。しかも由之は隣町尼瀬との代官所移転問題で、訴訟のために江戸にのぼっていた。そのために出費も多かった。

これらの運動費は当然町のために活動したのだからと町民に割り当てたが、由之は不足金を万雑《まんぞう》として町方に強要した。毎年四〜五十両を徴収して実費以上に取り上げ、代官所が町民に貸し与えた米代金を横領し、その返済に困っての不当割り当てであったから、町民が怒るのもむりはなかった。

水原奉行所も捨てておけず、比較的に橘屋《たちばなや》に同情的であった出雲崎代官比留間助左衛門を免官するとともに、由之の名主役を取り上げてしまった。

由之の妻やす子は良寛に、由之に対して意見をしてくれるように頼んだが、良寛も困りはてるばかりであった。所払いになった由之の生活は極度に乱れる一方だった。それを実際にみた原田鵲《じゃく》斎《さい》は、心配して次の歌をうたっている。

窠守《すもり》が家にことありときさて申侍る

よの中は暮ればあくるわたつみの　波ふきかへす風たつなゆめ　　鵲斎

この激励の歌に対して由之は、「くづをれにける」と絶望感を漂わせた歌を返している。

良寛の忠告が身にこたえたのか、翌年由之は息子の左門馬之助に家を譲り、出家して与板《よいた》に引きこもってしまった。由之が家督を継いで二十五年目にして、七百年以上も続いた里正職も終わりを告げてしまった。

由之が与板に移るときに、過去帳をなくしてしまったらしい。それを聞いた良寛は、何も見ないで死亡者の戒名、死亡年月日など四十二名分をほとんど記憶によって書いてみせた。一同はその記憶力の抜群さにただ驚くばかりであった。

その年の十月十六日には仙桂《せんけい》和尚が死亡した。玉島にいる頃は仙桂に全く関心を示さなかったが、後に仙桂の偉大さがわかり、「仙桂和尚真道者」と、前述の漢詩のように繰り返しその高徳をたたえている。

その頃、とくに世話になった原田鵲斎の二人の子どもが疱瘡《ほうそう》で死亡した。良寛には子どもはいなかったが、世の親の気持ちが痛いほど察することができ、筆をとらないではおられず歌をおくった。

その後まもなく、文化四年（一八〇七）に与板三輪家六代多仲長高の末弟三輪左市が死亡し、翌年には親友有願《ゆうがん》が死亡した。

水魚の交わり

良寛と有願は文字どおり水魚の交わりであった。有願は現在の三条市代官島庄屋の田沢家に生まれ、幼い頃に白根《しろね》市の茨曽根《いばらそね》、永安寺大舟和尚のところで出家し、後に江戸の駒込に居住した。

白根市新飯田の円通庵（田面庵）

その後燕《つばめ》市万能寺の住職となった。万能寺には貞心尼の実家奥村家から住職になった人がいた。その人は十三世泰昶《たいきよう》国光和尚である。

有願は後に肥前《ひぜん》の高伝寺の住職となったが、晩年は白根市新飯田の円通庵（田面《たのも》庵）に住み、狩野《かのう》派の狩野梅笑《ばいしよう》から絵を習って親しむ一方で、詩歌をよんだり、書をよくして自由奔放な生活を送った。また、子どもの教育を行ったり、村の道路を自力で改修したり、なかなか話題の多い奇僧であった。

地蔵堂の中村家の過去帳には、「前総持海翁東岫大和尚禅師有願——文化五年戊辰八月三日」と記されている。

当時の中村家主人中村権右衛門は新飯田の庄屋千野家から養子にきた人で、有願の教え子であった。

良寛は有願より二十一歳も年齢が若かったが、互いに冗談を言い合うほどの仲であった。良寛はよく円通庵に出かけて行ったようで、兄弟以上の親友だった。

看花到田面庵　　花を看《み》て田面《たのも》庵に到る

桃花如霞夾岸発　　桃花霞《かすみ》の如く岸を夾《はさ》んで発《ひら》き

長善館跡の「天上大風」碑

春水若藍遶村流　　春水藍《あい》の若《ごと》く村を遶《めぐ》って流る

行傍春江持錫去　　行くゆく春江《しゅんこう》に傍《よ》り錫《しゃく》を持して去る

故人家在水東頭　　故人の家は水の東頭に在り

良寛は桃の畑がピンクの霞のように広がった土手を、花をじっくりと眺めながら有願のところに通って行ったのであろう。

良寛が有願のところに行く道順と時刻がおおむね決まっていたのか、良寛の書がほしい男が自分の子どもに白地の凧《たこ》を持たせ、良寛が通ったら何か書いてもらうようにと策を練っておいた。はたして良寛は何も書いてない凧を見て、「坊や拙僧が一つ書いてやろう」と書いたのがかの有名な「天上大風」であった。

鈴木文台《ぶんたい》の「天上大風由来書」には、「上人在《リシ》日乞二食《ス》燕駅一《ヲ》、有二《リ》小童一持二《チ》一紙一《ヲ》来《リテ》曰《ク》『願《ハクバ》書《セヨト》二此《ノ》紙《ニ》一』、上人曰《ク》『汝将《ニ》二何《ニ》用《ヒント》一』、童曰《ク》『我欲《ス》三用《ヒテ》レ此《ヲ》作《ラント》二風箏《ヲ》一、請《フ》天上大風《ノ》四字《ヲト》』、上人便《チ》書《シテ》以《テ》与《フ》レ焉《ニ》」と書かれている。

また、良寛は桃の花を眺めながら有願をしのんだ漢詩をよんでいる。

過有願居士旧居　　有願居士の旧居を過ぐ
去年三月江上路　　去年三月江上《こうじょう》の路、
行看桃花到君家　　行くゆく桃花《とうか》を看《み》て君が家に到る。
今日再来君不見　　今日再び来れば君見えず、
桃花依旧酔晩霞　　桃花旧に依《よ》って晩霞《ばんか》に酔ふ。

去年、川沿いに咲き乱れる桃の花を眺めながら、円通庵までやってきた。今日ふたたびその場所にきてみたが、前と変わらず夕霞《ゆうがすみ》のなかににじむかのように桃の花は咲き乱れている。しかし君の姿は見えない。桃の花が夕陽ににじんで見えるのは、霞のためばかりではなさそうである。有願の死を悲しむ涙のせいかもしれない。

小千谷《おぢや》市千谷の新保家には有願の書と絵が数点あった。絵は弁天さまが琵琶《びわ》を抱えた絵で、瞽女《ごぜ》宿や報恩講のときに掲げたものであろうか。次の機会に訪れたときには、その絵はなかった。

小出町の松原啓作氏を訪れたとき、新保家から流れてきた有願の書と絵が数点あった。良寛と有願の交情の濃《こま》やかさを知るために、次の一詩を掲げよう。

訪有願居士
草堂寂閉扉
正是揺落天
烏雀喧檐頭
返照満荒村
念子渉山河
杖策言往還
回首為千古
流水去潺湲

有願居士《こじ》を訪ふ
草堂寂《じゃく》として扉を閉づ
正《まさ》に是《こ》れ揺落《ようらく》の天
烏雀檐頭《うじゃくえんとう》に喧《かまびす》しく
返照荒村に満つ
子を念《おも》うて山河を渉《わた》り
策《つえ》を杖《つえつ》いて言《ここ》に往還す
首《こうべ》を回らせば千古と為《な》る
流水去って潺湲《せんかん》

良寛は痩せ型で背が高く、有願は丸顔の大男であった。二人が連れ立って一緒に歩いていると、それは滑稽な漫才師のような風景であったという。二人はよく一緒に歩き、道端で野たれ死にをしていた乞食を弔い、その乞食が持っていた椀《わん》の飯を分け合って食べ、互いに顔を見合わせてニヤリと笑った。酒好きの良寛は有願と飲むときが一番楽しそうであった。

ある日、良寛が有願を訪ねると、有願は小川の川面に眼を見すえて水中に立っていた。達磨《だるま》の絵を描こうと思うのだが、どうしても眼がうまく描けない。そこで自分の眼を水に映して見つめていたという。そこで良寛は川の中に入って、眼を見開いてやった。有願は良寛の水に映った眼を見て達磨の眼を描き、ほんとうにうまく描けたと喜んだ。

良寛が有願の達磨の絵に次のような賛《さん》をしたためた。「君看双眼色　不語似無憂　良寛書」。二人とも達磨大師を尊敬していた。

良寛は有願から絵を習った。自画像や犬の絵ほか数点があるが、あまりうまいとはいえない。良寛は有願を評して「狂癲《きょうてん》の如《ごと》し」といって笑った。他人からみれば良寛自身もかなり奇人の部類に入るが、その良寛が有願をさして「狂癲」とは全くおそれいった話である。

さらに、ふくべ（匏＝ひょうたん）の絵に良寛が戯《ざ》れ句を書いたものがある。

わがこひはふくべでどぢよをおす如し

良寛が恋のモーションをかけても、ノラリクラリと恋人に逃げられてしまうと、自嘲してよんだものなのだろう。しかし晩年には、貞心尼というらしい美人を掌中に入れたことからすれば、実にたいしたものである。

有願の歌碑
ふる里は　ももの林に　牛の子の
あそぶのみにて　皆たがやせる

左一の死、それに続く有願の死とよほど悲しかったのであろう。

病中
左一棄我何処之
有願相次黄泉帰
空牀唯余一枕在
遍界寥々知音稀

病中
左一我《われ》を棄《す》てて何処《いずこ》にか之《ゆ》く
有願相次いで黄泉《よみ》に帰す
空牀《くうしょう》唯《ただ》一枕《ちん》を余して在り
遍界《へんがい》寥《りょう》 々《りょう》として知音《ちいん》稀《まれ》なり

三輪左市は文化四年（一八〇七）に死去した。翌年は有願が亡くなるという、立て続けに襲った無二の親友の死に良寛は寂しさがこみ上げてきた。庵《いおり》のわびしい床には枕が一つぽつねんとあるだけで、すでに良寛をよく理解してくれる友はほとんど亡くなり、実に寂しい限りであると深く溜息をついている。

友がきのみまかりてまたの春
この里の往き来の人のあまたあれど　君（左市か）しなければさびしかりけり

良寛は有願の死後、彼をしのんで円通庵を訪れた。

あひしりし人のみまかりてまたの春ものへまかるみちにてのぞきて見ればすむ人はなくて
はなの庭にちりみだれてありければ
おもほえずまた此いほに来にけらし　有しむかしの心ならひに

有願の墓は、円通庵の右側に代々の庵主と並んで鎮座している。小さな墓でよく見ないとわかりにくいが、「三世有願和尚之墓」と刻まれてある。

良寛と交わった人々

亀田鵬斎《ぼうさい》　文化六年（一八〇九）秋、江戸で高名な漢学者兼書家の亀田鵬斎が信州から越後《えちご》入りをした。鵬斎は越後の文人たちと交際が深かった。鵬斎は折衷《せっちゅう》学派で松平定信《まつだいらさだのぶ》の「寛政異学の禁」に触れ、江戸を離れて越後の弟子をたよってきたものであろう。彼は博学でかつ文人画も巧みであった。

最初の来越は文化六年（一八〇九）で、文化八年四月まで越後にいたという。

良寛と鵬斎の逸話はかなり多い。書家の鵬斎との間柄からか、書に関する逸話が多い。ある日、鵬斎が某家で揮毫《きごう》していると、そこに一人の僧がやってきて、鵬斎が得意顔で書をしたためているのを見てなじった。鵬斎は怒って、それなら「お前が書いてみろ」といって、いやがる良寛にむりやり書かせたところ、あまりの素晴らしさにさすがの鵬斎も脱帽せざるを得なかった。

そこで話がはずんで、漢詩のこと、書のこと、宗教のこと、儒学のこと、どれをとって話をしてみても鵬斎は良寛に遠くおよばなかった。それ以来鵬斎は良寛を心から畏敬《いけい》し、教えを乞《こ》うようになった。鵬斎は良寛を讃え、「北越良寛瀟洒無為《しょうしゃむい》、喜撰《きせん》以後之人也」と評したという。これに対して良寛も、鵬斎を次のように評している。

鵬斎倜儻士
何由此地来
昨日鬧市裡
携手笑哈々

鵬斎は倜儻《てきとう》の士、
何に由ってか此の地に来る。
昨日鬧市《どうし》の裡《うち》、
手を携《たずさ》へて笑ふこと哈々《かいかい》。

鵬斎は良寛を「瀟洒無為（さっぱりして自然のままで作為がない）」、良寛は鵬斎を「倜儻（才気がすぐれている）の士」と、互いに相手のことを高く評価している。

鵬斎が出雲崎《いづもざき》敦賀屋《つるがや》鳥井兵四郎宅で筆を揮《ふる》っていた。そこに良寛が来合わせて、「そこに点などうたなくてもよい」といったので、鵬斎は「それもそうだ」と二人は顔を見合わせて笑ったという。

鵬斎は文化六年（一八〇九）から八年まで出雲崎の鳥井家に滞在している。また、鵬斎が鳥井家で「雲浦一望楼」の額を書いていると、良寛に誤字を指摘された。鵬斎は良寛の学識の深さにますます敬服せざるを得なかった。鳥井家に子どもが生まれたので、鵬斎は権之助という名をつけてやっている。

鵬斎が住吉神社の幟《のぼり》に大筆を使って太字を書いていると、後ろで笑う者がいる。「それならお前書いてみろ」というと、すらすらと素晴らしい字を書いてみせた。それが良寛であった。このように同じような逸話がいくつかある。次の逸話も同じ幟の話であるが……。

三条の八幡神社で亀田鵬斎が幟に字を書こうとしていた。たまたま来合わせた良寛をみつけたのでむりに字を書かせた。良寛は「八まむさま」と書き、もう一つの幟には鵬斎が「御さいれい」と書いた。このように神社の祭礼には二本の幟を参道の両側に立てるのがならわしだった。

江戸川柳に、「鵬斎は越後帰りで字がくねり」というのがあるが、この川柳からも鵬斎が良寛の書の感化をいかに大きく受けていたかがわかる。

あるとき鵬斎が良寛に字を書いてくれと頼んだがなかなか書いてくれない。そこで鵬斎が良寛に落書きをしてみせると、「鵬斎さんは上手に書こうときばりすぎる」といわれたので、恥ずかしさのあまり鵬斎はほうほうの体で逃げ去ったという。

またあるとき鵬斎が泊まっている家を良寛が訪ねたが、あいにくと留守であった。良寛がその家に上がりこんでみると、机上に書きかけの詩稿があって、まだ終わりの一句が書けていなかった。良寛はさっそく筆をとって最後の句を補った。鵬斎が最後の句をどのようにしようかと道々考えながら帰ってみると、すでに机上には立派な詩ができあがっていた。しかもその結句の素晴らしさに鵬斎はうなった。こんなこともあって二人の間柄はいよいよ親密になった。鵬斎が下田村の八木山を描いた絵に良寛が賛《さん》を書いている。

如峯兮如雲　似枝兮似烟
真画誰能弁　秀々一山人

上の二句は良寛が、下の二句は鵬斎が書いた。良寛はこの絵は枝か煙かよくわからないとからかっている。それに対して、だれがこの絵の素晴らしさを理解できようか、とやり返している。良寛はよく鵬斎を茶化しているが、それだけ冗談を言い合える親密な間柄であったのだろう。

名にし負ふ今宵の月をわが庵に　都の君と眺むらむとは

良寛の歌だが、都の君とは鵬斎をさすのであろう。

鵬斎がまだ良寛をよく知らなかった頃のことだが、良寛といってもたいした人物でもあるまいと思って五合庵《ごごうあん》をたずねた。ちょうど良寛は座禅中で、一時間ほど待たされた。やっと「あがらっしゃい」という声で家に入ったが、さらに二時間ほど待たされた。鵬斎はついに我慢しきれずに、「鳳凰《ほうおう》も桐の葉蔭に一夜かな」と皮肉をこめていうと、良寛は「口開いて五臓《ごぞう》の見ゆるあけびかな」と返した。鵬斎はあまりの名答に、「七尺を去つて歩まむ梅の影」といって、末座に下がって平伏したという。

鵬斎が手まりで遊んでいる絵を描き、それに良寛が賛をした詩がある。

日々日々又日々
間伴児童送此身
袖裏毬子両三個
無能飽酔太平春
　　　　釈良寛

日々日々又日々
間《たまたま》児童を伴って此の身を送る
袖裏の毬《まり》子両三個
無能飽酔《ほうすい》す太平の春

亀田鵬斎は江戸の漢学の大先生ということで、いろいろなところで講議をし、揮毫に応じてきた。ある日、鵬斎が論語の講議をしていると、聴衆のなかで大笑いをする者がいた。よく見るとそれは良寛であった。また、鵬斎が荘子の話をしていると、そこに良寛がやってきて「鵬斎さん、そんなウソは言わないほうがよい」といって立ち去ったという。

これに似た逸話がいくつかある。しかし、人を思いやる良寛が人前で鵬斎に恥をかかせるようなことをいうはずはない。おそらく江戸の大学者の鵬斎でさえ、良寛には遠くおよばなかったという良寛讃美の誇張話ではないだろうか。

鵬斎が良寛の書の反古《ほご》を見て感心し、教えを乞いに五合庵を訪れた。二人の話ははずみ鵬斎が帰ろうとすると、良寛が「夕飯を食べて行きなされ」というので、鵬斎は腰を落ち着けた。周囲はすっかり暗くなって、美しい月が山の端から昇りはじめた。良寛は「そうそう夕飯のしたくをしなければ」といって庵《いおり》から出て行った。

いくら待っても良寛が帰ってこないので外に出て少し歩いていると、良寛はそばの松の根元に腰を下ろして、「名月や名月」とばかりに月を眺めている。鵬斎の顔を見ると「いやー忘れていた」とあわててどこかに椀を取りに行った。椀の中にはしなびた沢庵《たくあん》漬けが二切れあって、それに飯を盛ってくれた。おかわりを求めると、その椀に汁をついで出してくれた。物事にこだわらない良寛に鵬斎もあきれはててしまった。

同様の話がいくつかある。鵬斎が訪れたときも、阿部定珍《あべさだよし》が訪れたときも、良寛は酒を買いに行き、途中で月を眺めて酒を買うのを忘れた話がある。

鵬斎が夕立にあってびしょ濡れのままで良寛に会った。良寛はそれを見て戯歌《ざれうた》をうたった。

夕立に降りこめられしくされ儒家　ひたる君子と誰かいふらむ

良寛と鵬斎が連れ立って与板の三輪家を訪れた。ちょうど家人が留守だったので、二人は土足のまま膝でにじり寄って真新しい襖《ふすま》に字を書き、顔を見合わせながら逃げ帰った。

良寛書「上州屋看板」

亀田鵬斎が江戸に帰って数年後のこと、良寛は江戸に出たついでに、鵬斎の塾を訪ねて面会を求めた。折あしく鵬斎は弟子たちに講義をしている最中だった。そこで門人が出てきたが、見なりの貧しい坊主姿を見て勝手に追い返してしまった。講義が終わって門人から話を聞いたところ、越後の高僧良寛だとわかった。そこで鵬斎は門人にあとを追わせ、門人があやまって「先生がぜひにとお会いしたがっておられる」と引き返すように懇願したが、良寛は「よし、よし」といったきりどこかへ立ち去ってしまった。

良寛はある日長岡に托鉢にやってきた。長岡は牧野藩七万四千石の城下町だったが、実質十四万石の収納があった。藩の御用達《ごようたし》商人で醸造業の上州屋大里伝兵衛宅附近は城下町の商業地区で、さすがに人通りも多かった。

主人の伝兵衛はかねがね良寛に看板を書いてもらいたかったが、良寛はなかなか簡単には書いてくれそうもない。そこでわざとへたな字で看板を書いて店頭に掲げておき、良寛が托鉢にくるのを待った。良寛が托鉢にきたとき、伝兵衛は家に招き入れて「看板の字が悪いと商売が不振になるからぜひ書いてほしい」と懇願した。すると良寛は案外きやすく「酢醤油」「上州屋」と二枚の看板を書いてくれたので、さっそく店頭に掲げた。

ある日、亀田鵬斎が上州屋の前で看板を見て、「ご主人、あの看板の字は良寛さまが書かれたものではないか、外に出しておくのはもったいない。良寛さまの字は家の宝として大切にしまっておきなさい。かわりに私が書いてやろう」と、「御用酢醤油」「上州屋」と書いてくれた。

しばらくして巻町の書家巻菱湖《まきりょうこ》が、「江戸の大儒学者鵬斎先生の看板はもったいない。私がかわりに書いてやるから鵬斎先生のはしまっておきなさい」と同様のものを二枚書いてくれた。巻菱湖は鵬斎の弟子で江戸で活躍していたが、その弟子は約二千人といわれる高名な書家であった。

その後長岡藩検断職で書家の栃尾《とちお》の富川大槐《とみかわたいかい》が、同様に「御用酢醤油」「裏三之町　上州屋」と書き、江戸期の名筆四名分が上州屋に揃ったわけである。

昭和に入って、雲洞庵の新井《あらい》石龍《せきりゅう》師が「それなら私も書いてやろう」と同様に書いてくれた。けっきょく良寛の看板を亀田鵬斎が代筆したことを発端に昭和の代まで継承され、良寛の徳が昭和まで影響したものといえよう。

良寛は長岡の本間三郎兵衛ほか数軒とも懇意にしており、よく立ち寄っていた。

大村光枝ほか

享和元年（一八〇一）の秋、良寛が五合庵に住みついて約四年目、江戸の国学者であり、歌人としても有名な大村光枝《おおむらみつえ》（松代藩出身）が五合庵を訪れた。そのとき光枝に同行したのが原田鵲斎と渡部の庄屋の阿部定珍であった。その際に光枝は次の歌をうたっている。

くがみ山なる何がしの大徳のいほりにやどりてさよふけて
しきみつむ軒ばの峰に月はおちぬ　松の戸さびしいざまへらせむ
わすれめや杉のいたやにひとよみし月　ひさかたの塵なき影のしづけかりしは

光枝はよほど良寛を敬慕心服していたのであろう。良寛を大徳または禅師と美称をつけて呼んでいる。光枝はまた鵲斎、定珍、由之らと深い交流があった。文化十三年（一八一六）四月十六日、光枝は江戸で死去した。その死亡通知は六月になってやっと渡部の阿部家に届いた。定珍はさっそく良寛や由之、鵲斎に連絡をしている。山本家と光枝は実に親密であった。山本家の過去帳には左のように書かれている。

玄峯院清誉皎月居士位　文化十三丙子年四月
　俗名大邑彦太郎藤原光枝
以南由之泰済三代親友也仍面記之

良寛は光枝の死に対して、哀悼の歌をよせている。

なにごともみなむかしとぞなりにける　なみだばかりやかたみならまし

文化九年（一八一二）、加賀藩の儒学者で、折衷学者の太田錦城《きんじよう》が五合庵を訪れている。池田玄斎の『病間雑抄』に「錦城先生北遊の時その草庵にたずね行きて対話数刻に及び……落葉をたき夜を明かす」とあるから、よほど心が通じ合って夜明けまで話しこんだのであろう。

五合庵を訪れた人たちは越後以外（県外）の人たちばかりではなく、越後内（県内）の知識人も多く訪問している。

文化十三年（一八一六）八月、新津《にいつ》の医師坂口文仲が五合庵をたずねた。文仲は酒を手土産《てみやげ》に持参した。良寛は庵の周辺の野の草を摘み、粗末ながら簡単な料理でもてなした。箸がなかったので茅《ちがや》を切って箸がわりに使った。それを見て文仲は歌をつくってからかった。

はぎ箸と世に伝へしを茅萱箸《ちがやばし》　花をしみてか枝をしみてか

長善館跡の鈴木文台の墓

それに対して良寛は次のように歌った。

くさのいほなにとがむらむちがやばし
おしむにはあらずはなおもゑだも

また、うつわがなかったので、火葬場から欠け茶碗を持ってきて、飯や汁を入れて出したことは毎度の例であった。

文仲は良寛と歌のやりとりをして、半日ほどで帰宅した。帰宅後文仲は、家人に「彼はにせ道人にすぎん」と語ったという。文仲は内心では良寛を感服しながらも、生来剛腹なため「うわさほどの男ではなかったわい」と自らの優位性を家人に誇示したものであろう。

ある日、良寛は話相手がほしかったのか、鈴木文台《ぶんたい》に手紙を出し、「庵にきてほしい」と誘った。せっかくの良寛のお呼びだからと、文台は風雨のなかをやっと五合庵にたどり着いた。すると良寛はお斎《とき》によばれているからと、さっさと出ていってしまった。文台は「良寛が今帰ってくるか、今帰ってくるか」と待ったが、なかなか戻ってこない。そのうちに夕暮れが迫り、夜道は危険なのでしかたなく文台は家に帰ったということだ。良寛は庵で待つ文台のことを忘れてしまったのか、あるいは先方で話がはずみ、情にほだされて遅くなってしまったのだろうか。

井上桐麻呂も五合庵を訪れた一人であった。彼は南蒲原郡湯川の出身で、後に三条柳川の庄屋となり、さらに功績を認められて新発田《しばた》の五十公野《いじみの》の大庄屋になった人である。また、桐麻呂は桐斎《どうさい》と号し、漢学者であるが国学や和歌にも堪能であった。

越後の文人巌田洲尾《いわたしゅうび》も五合庵を訪れたが、良寛が不在だったので詩を残して帰った。あとで良寛はこの詩を読み、洲尾を追いかけてやっと会い、夜通し語り合ったという。

定珍ほか

よく庵を訪れたのは渡部の阿部定珍であった。阿部家は良寛の有力な庇護者でもあった。阿部家は国上山《くがみやま》の西登山口のそばで、五合庵にもっとも近かった。

定珍は通称「酒造右衛門《みきうえもん》」、家を嵐窓または月華亭などといい、風流人で詩文や和歌を好み、文芸上の最良の友であり、人間的にもとても親しかった。阿部家は良寛の好きな酒を醸造する酒造業だったので、良寛はよく酒や餅などをおくってもらった。定珍は良寛を心から尊敬し、なにくれとなく良寛の面倒をみてやった。

定珍は天保九年（一八三八）六月二十日、四国霊場を巡拝中に土佐の国で没した（六十歳）。良寛よりも二十二歳も若かったので、良寛を師と仰いでいたが、良寛のほうは年齢差などまったく無頓着で、真の心の友として接していた。阿部家には多くの良寛遺墨《いぼく》や書翰《しょかん》が残っている。二人の贈答歌は非常に多いが、そのうちのいくつかをあげてみよう。

しまらくはここにとまらむひさかたの　のちには月のいでむとおもへば　定珍
月よみの光をまちて帰りませ　きみが家路はとをからなくに　良寛
月よみの光りをまちてかへりませ　山路はくりのいがのおつれば　良寛
あしびきのいはのかげミちふみわけて　われきにけらしきみがいほりに　定珍
うまざけとさかなしあれバあすもまた　君がいほりにたづねてぞこむ　定珍
うまざけにさかなもてこよいつも〳〵　草の庵にやどハかさまし　良寛

一方、良寛もよく阿部定珍を訪れている。「三里に灸《きゅう》する」という言葉があるように、良寛は行脚で疲れたときによく灸をしたらしく、灸をするのが得意で実際にうまかった。ある日、良寛は定珍のために灸をしてやったら、定珍は気持ちよさそうにウトウトと眠ってしまったので、良寛はこっそりと出ていってしまった。このようにじつに気ままに阿部家を出入りしていたらしい。

今日のひのくれぬと君はもどりけり　あすさへきみをいかにとどめん　定珍
なほざりに外にでて見れば日は暮れぬ　又立ち帰る君があがたに　良寛

むかしの文人墨客《ぼっかく》はよく庄屋の家で世話になっている。定珍は自ら交流のあった親しい文人たちを良寛に紹介している。すなわち、石打《いしうち》の黒田玄鶴《げんかく》、船橋の内藤鐘山《しょうざん》ほか多くの文人が定珍の仲介で面識を深めている。

文政九年（一八二六）三月八日、良寛は百々《どど》将監《しょうげん》といっしょに寺泊《てらどまり》引岡の小林一枝《かずえ》宅を訪問し、その夜は小豆曽根の庄屋竹内五左衛門宅に泊まった。小林一枝は小林与三兵衛の号であるが、『北越詩話』には、「一枝は詩を嗜《は》み、和歌を善くし、良寛和尚と方外の交為せり」とあり、良寛と親交が深く、良寛のもとに濁酒《にごりざけ》を持って遊びに行っている。一枝は百姓惣代《そうだい》であったが引岡では裕福な生活をしているほうで、詩歌や俳句を好んでいたので良寛とも親しかった。

寺泊町の吉村百姓惣代の吉野源右衛門は良寛が七十歳近くの老齢に達したので、みかねて里に新しく庵を建ててやりたいと一枝に相談した。これに対して「国上良寛禅師許へ見舞、源右衛門より沙汰せられしことを語り候処、前より有し庵なら宜しけれ共、新しく造ることはいやと被申候、此末、源右衛門許に行こともあらふと挨拶有」と一枝の日記に書かれている。つまり良寛は、前からあった空庵ならよいが新築までしてもらうのは気おくれていやだと答えている。その後一枝は、六月から毎月良寛のもとを訪れて歌のことなどを話し合っている。二人の唱和に次のものがある。

よのなかをいとひはつとはなけれども　なれしよすがにひををくりつ　　良寛
世の中を厭てかかる山里の　柴のとぼそのたのしきや君　　引岡　与三右衛門

良寛自身も老衰しはじめたことを自認はしたものの、人々の世話で新居に入るのは好まなかったようである。そして源右衛門宅にお礼かたがた新築移転のことわりに出かけている。

良寛を知る人々のなかには、五合庵からおりて里住まいをするようにと運動している人もいた。了阿という人も良寛に里で住むことをすすめたが、良寛は「自分も老衰しはじめたが、それでどこへも動きたくない」とことわっていたようである。

殿さま訪庵

長岡藩主九代牧野忠精《ただきよ》は、初代忠成、三代忠辰とともに長岡の三代名君とうたわれた人である。忠精は京都所司代、次いで老中となって幕閣に名をつらねた藩主である。

当時、新潟港は長岡藩領に属し、牧野侯以前の城主堀丹後守直奇が港町の整備に尽くして、貿易港として財源確保が可能な土地になっていた。

忠精は自ら詩歌や和歌を好むほか蟠龍《わかりゆう》の絵を得意とした文人藩主であった。かねて五合庵に良寛という名僧の庵住することを知り、長岡に一寺を建てて住職として招くことを考えていた。

文政二年（一八一九）新潟巡視の帰りに、駕籠《かご》を差し向けて良寛の説得に赴いた。藩主が五合庵にこられると聞いて、村人は急いで道や庵周辺の草刈りなどを行って清掃した。良寛はそれを見て、「ああ今年の秋は虫の音を十分聞くことができない」と嘆いたという。やがて忠精が五合庵に着いた。良寛は庵で静かに座禅を組んだままである。忠精は長岡に寺院を建ててお迎えするからぜひおいでいただきたいと懇請した。すると良寛はおもむろに筆をとって示した。

たくほどは風がもてくる落葉かな

ＮＨＫのドラマ「乳の虎」では、忠精はその書かれた紙を見て怒って紙を八つ裂きにするという場景になっていたが、忠精はそんな度量の狭い男ではなかった。良寛が差し出した紙を見て、

見渡せば山ばかりなる五合庵

と書いて返句をした。良寛の心を得られなかったわが心のむなしさが「山ばかりなる」と句にこめられている。「たくほどは」の句碑は、現在も五合庵の隅に建てられている。

国上山は村上藩の領地だった。藩主の内藤信敦《のぶあつ》は狩猟を好み領内のあちこちに出かけた。良寛が山をおりてくると、村人が一生懸命に道の清掃をしている。わけをたずねると村人は声をひそめ、村上の殿さまが猟にこられるので、収穫の秋の忙しいなかを迎える準備をしているという。殿さまは猟のついでに五合庵をおとずれるのではないかと話してくれた。良寛は「それではおまえさんたちのために殿さまがこられないようにしよう」といって、歌を書いた立札を立てさせた。

短か日のさすかぬれぎぬ干しあへぬ　青田のかりは心して行け

信敦は立札の歌をじーっと見つめると、馬を返して二度とこなかったという。さすがに詩歌を好んだ信敦だけあって、歌を見て良寛の意中を解したものであろう。

長岡藩主牧野忠精の庇護を受ける寺院の住職になれば、富も権力も名誉も掌中に収めることができたであろうが、良寛はそれにはまったく関心を示さず、自然のなかで気ままに生きる自由を求めていた。また信敦の意に反しても奪われるものは何もなく、あるものは良寛の命だけで、その点だれにも負けない強さを持っていたのである。

良寛は藩主内藤信敦が狩りが好きだという個人的趣味のため大切な収穫期の田畑を荒らし、農民の反感をかうことは藩主として行政上悪影響をおよぼすとして、反省を求めたのであった。

好日奇遇

良寛と三条の八幡宮附近で会った男に、最上藩士三森九木がいる。九木は羽後《うご》平沢の生まれといわれ、よく絵を描いた。文政二年（一八一九）五月十三日に、長岡で『爛葛藤』の挿絵を描いたといわれているので、長岡の文化人たちとも交流があったのであろう。九木は三条の八幡宮近くで、風がわりな良寛を見て絵に描いた。その絵は良寛が手まりを持ち、二人の子どもとたわむれているようすを描いたもので、良寛の実像にあまりにもよく似ているので、良寛は大笑いをして次の詩を書いた。

十字街頭乞食罷
八幡宮辺方徘徊
児童相見共相語
去年痴僧今又来

十字街頭食《じき》を乞《こ》ひ罷《や》み
八幡宮辺方《まさ》に徘徊す
児童相見て共に相語る
去年の痴僧今また来たると

秋田の文人菅江真澄は、天明四年（一七八四）七月三十日から四十日間越後を旅している。この年良寛は国仙と越後入りをし、母の墓参をしたと考えられている。
七月一日、国仙は真澄と信州の湯の原温泉で会っているので良寛ともおそらく会ったのだろう。
良寛を「てまり上人」と呼んで、『高志《こし》栞《のしおり》』に次のように記している。

てまり上人

手まり上人は出雲崎の橘屋由之がはらからなり　名を良寛といふ　国上山の五合に住ぬ　くし作りうたよめり　手などはいとよけく鵬斎翁もこの書などはいみじきよしほめり　托鉢にありくる袖にまり二つ三つを入れもて児女手まりをつくところあれば　袖よりいだしてともにうちて小

児のごとに遊びける　まことにそのこゝろ童もののごとし　よめるうた

　この里の宮の木下のこどもらと　あそぶ春日は暮れずともよし

良寛が心を許した友人に三宅相馬がいた。その頃、国上山や地蔵堂は村上藩の領地であったから、代官所と大庄屋とは密接な関係があったため、良寛も相馬とはよく会っていたものと思われる。相馬は若い頃から詩をつくり、お茶や囲碁に熱心だったので、良寛とも気心が知れていたのであろう。もともと良寛は武士など権力をもつ者たちを嫌っていたから、武士階級で良寛と交流をもっていたのは三宅相馬ほかごく少数であったのであろう。相馬が三条にいたのは約十年ぐらいで、二十五歳頃に村上に移住した。その頃良寛が相馬におくった歌がある。

　うちわたすあがたつかさにものもふす《ママ》　もとのこゝろをわすらすなゆめ

　いくそばくぞうづのみてもておほみかみ　にぎりましけむうづのみ手もて

老いた良寛が、若い相馬に領民を統治する心構えを教えたものである。

V 山より下る

山麓の風

乙子《おとご》草庵

良寛も六十歳を眼の前にして、さすがに身心とも老域に達し、厳冬の五合庵の苦渋を自覚したものであろうか。文化十三年（一八一六）の冬の頃、約十二年間住みなれた五合庵を離れて、麓《ふもと》の乙子神社の社務所に移住した。それはときおり五合庵を訪れた僧遍澄《へんちょう》の勧め、斡旋《あっせん》によるものといわれている。遍澄は老境にいたった良寛の五合庵生活の実情をみかねてこの処置をとったのであろう。

西郡久吾著『北越偉人　沙門良寛全伝』では、「老軀多病薪水に便ならざるを以て、五合庵を出て乙子祠畔の小庵に移る」と書かれている。五合庵で病気となった場合を考えると、里の医師に連絡もすぐとれないし、病気の不安は何よりもおそろしかったに違いない。その不安と孤独の寂しさを良寛は次のようにうたっている。

秋夜々正長　　秋夜夜正に長し
軽寒侵我茵　　軽寒我が茵《しとね》を侵す

巳近耳順歳
誰憐幽独身
雨歇滴漸細
虫啼声愈頻
覚言不能寝
側枕到清晨

巳《すで》に耳順《じじゅん》の歳に近し
誰か憐む幽独の身
雨歇《や》んで滴《したた》り漸《ようや》く細く
虫啼《な》いて声 愈《いよいよ》 頻なり
覚めて言《ここ》に寝《い》ぬる能《あた》はず
枕を側《そばだ》てて清晨《しん》に到る

乙子草庵（再建）

孤独な老人には夜は長く、寒さはひしひしと忍び寄る。かぼそい雨のしたたりがやんだと思うと寂しさを誘う虫の音が聞こえてくる。眠れない夜をかこちながら、いつしか夜明けを迎えてしまう。この漢詩の〝誰憐幽独身〟は親しかった人々の死を、悲しみをこめてうたったものかもしれない。

四月十六日（文化十三年）に大村光枝《みつえ》が死亡した。光枝と交流のあった阿部定珍《さだよし》のところにしらせがあった。定珍は祭壇をしつらえて供養を行った。良寛は定珍のところに赴き、光枝の死を聞いて驚き、二人で哀悼の歌をよみあった。

光枝うしの世をすぐさせたまふとききて
ほととぎす君がなき世をつげむとは　思はざりしか君はすぎにし　定珍
さむしろに衣かたしき夜もすがら　君と月みしこともありしか　良寛

文化十四年（一八一七）四月二十二日、地蔵堂の中村旧左衛門の妻リサが死亡した。良寛は子陽塾で学んだ頃、この中村家に下宿して母のようにいろいろと世話になった。

中村のうし母公まかりてのちとむらひ侍りて
たむけむと書きなすことのいとよわみ　あはれなりけり昔思へば　良寛

良寛はよく十年ごとに回想詩をうたっている。

閃電光裏六十年
世上栄枯雲往還
巌根欲穿深夜雨
燈火明滅古窓前

閃《せん》電光裏《り》六十年
世上の栄枯は雲の往還
巌根《いわおね》穿《うが》たむと欲す深夜の雨
燈火明滅す古窓の前

人生の六十年はあっというまにすぎた。深夜に激しい雨の音を聞きながら、ゆれる燈火の前で、人生のむなしさをつくづく感じている。

天寒自愛

三島郡与板町徳昌寺の虎斑《こはん》は文化十四年（一八一七）春、偶然に会った五瀬の栗斎から、松阪の書店に大蔵経九千五十六巻があることを聞き、どうしてもほしくてたまらなくなった。翌文政元年（一八一八）十月二十七日、石隆と月海の二僧を連れて、信濃川沿いに信州に入り、木曾路を通って松阪に着いた。

全巻の代金は二百二十両であったが、やっとつごうできた五十両を持って大蔵経の購入に赴いたのである。虎斑の熱意に感動したのか、五十両の前金で大蔵経を売る約束をした松阪の書店主も偉かった。虎斑はかなりむりをして経を購入したため、残金の調達に随分と苦労を重ねた。それをみかねて、法弟の維馨《いきょう》尼は江戸に出て托鉢を重ねて資金調達に尽くす決意をした。まったく見知らぬ遠い江戸に出て、女の身でありながら資金を集める決意をしたことは無謀というほどの壮大な計画だった。もともと良寛は三輪家九代の権平、その叔母の維馨尼、さらに尼の叔父の左市とはたいへん親交が深かった。

維馨尼が単身冬の江戸に出かけたのは、三輪多仲が江戸で寺侍をしていたのでそれを頼って出かけたものと思われる。三輪多仲は千谷の新保家から茂左衛門が三輪家に養子に入って多仲と称した経緯がある。多仲を頼らなければか細い女の足で三国峠を越え、からっ風が吹く厳冬の「生き馬の目を抜く」といわれた江戸に出かけられるわけはないと考えられるからである。

良寛は尼のその志に感動して、十二月二十五日には江戸にいる維馨尼に対して励ましといたわりの詩をおくっている。

君欲求蔵経	君蔵経を求めむと欲し
遠離故園地	遠く故園の地を離る
呼嗟吾何道	ああ吾何ぞ道《い》はむ
天寒自愛	天寒し自愛せよ

結句の「天寒自愛」は、とくに壮途についた尼の必死の努力を讃美するとともに、心からいたわりの言葉をわずか四文字に凝縮している。
「天寒自愛」、なんという素晴らしい言葉であろうか。

この詩碑は三輪家の別荘「楽山苑」の庭内に建てられ、尼の善行をいまなお顕彰している。さらに良寛は正月十六日、次の詩を尼に贈っている。

春夜二三更　等間出柴門
微雪覆松杉　孤月上層巒
思人山河遠　含翰思万端

良寛は維馨尼の艱難《かんなん》を思いやり、眠れないまま庵の外に出た。うっすらと白い雪が松杉をおおい、それを月がこうこうと照らしている。美しい雪や月以上に尼の志は清く美しい。遠く幾山河をへだてた尼を思うと思いがこみあげてついに筆をとった。良寛の眼も純粋で美しかった。

つきゆきはいつはあれどもぬばたまの　けふのこよひになを《ママ》しかずけり

与板大坂屋
維馨老尼　　良寛

虎斑も維馨尼の志に感激して、「維馨尼老而《テ》不レ休随二喜《シ》請蔵《ヲ》一向《ニ》化《ス》二東都《ヲ》一一米半銭千辛万苦恰《モ》似《タリ》二古人求法之志《ニ》一」とよんでいる。

文政三年（一八二〇）五月には徳昌寺の虎斑の『爛葛藤』が出版された。これは大蔵経購入にまつわる三十人ほどの学者と文人による詩文集で、亀田鵬斎《ぼうさい》、由之、良寛などの名が見える。

みなびとのあふがざらめやみほとけの　法のかぎりをゑてし君はも　　由之

山頭老和尚　　山頭の老和尚
久不問平安　　久しく平安を問はず
常羨弘通任　　常に羨《うらや》む弘通の任
精進凡幾年　　精進凡そ幾年ぞ
冒雪化北地　　雪を冒して北地を化し
請経到東関　　経を請うて東関に到る
欲投章随喜　　章を投ぜむと欲して随喜するも
下午難成篇　　下午にも篇を成し難し
　　良寛

この解説はたいへん難解であるが、ようするに良寛が虎斑の偉業を讃美し、経を求めた大業を果たした功績をたたえた文章をいかに書こうとしても、あまりの偉大さに文章をまとめることが難しいという意味であろうか。

文政五年（一八二二）二月三日維馨尼が亡くなった。阿部家に残る歌に次のようなものがある。

きみなくてさびしかりけりこのごろは　ゆききのひとはさはにあれども　　良寛

文政十一年（一八二八）頃、徳昌寺の虎斑が苦心して買い求めた大蔵経の代金完済ができず、和《わ》島《しま》の木村元右衛門のところに質入れされたという。良寛はそれを気の毒に思ってか、木村家に話をして次の歌をうたっている。

某の禅師集めたまふみ経のすでにほろびむとする、なげきて是ハ曾てよめる
あしびきの西の山びにちかき日を　招きてかへす人もあらぬか

元右衛門は良寛の気持ちをくんで、質金もとらないで大蔵経を返却してくれた。その篤志ぶりには由之をはじめとして関係者一同は強く胸をうたれたという。良寛はその好意に感激して次の歌をつくっている。

み経のふたたびみ寺に帰るを見てこれの主人のみこころを悦《よろこび》て
あさもよしきみがこころのまことゆも　経はみ寺に帰るなりけり

老齢行脚《あんぎゃ》　修行僧の行う「行脚」とは悟りを得るために行うものか、またはものの本質を見きわめるために行うものであろうか。

良寛は国仙より中国の仏書『碧巌録』にある「一曳石、二搬土」の実践の尊さを強く教えこまれた。良寛は理論的に納得できても、実践はたいへん難しいことを自認していたようだ。「百聞は一見にしかず」とよくいうが、得がたい行脚の体験によって、仏道の真髄である寛容と慈悲の心を求めたものであろう。そしてゆかりの人々の足跡をたずね、各地の風習や人情を知り、さらには詩や歌の文化的向上を求めたものかもしれない。

いずれにしても還暦の年代になって長途の旅に出ることは、よほどの決意のもとに旅立ったことに相違ないだろう。

良寛が行脚に出たのは文化十三年（一八一六）頃で、国学者大村光枝が亡くなったためにその墓参を兼ねて出かけたとも考えられる。

また文政三年（一八二〇）頃に良寛は二～三年越後を離れたという説もあるが、この頃に東北行脚に出かけたのであろうか。そうだとすると良寛は六十歳をすぎており、この年齢になっていまさら修行のための行脚でもあるまいと思われるが、おそらく交友の深かった人々の墓をたずねたり、さらに知識を求めて、せめて歩けるうちにと行脚に出かけたのではないだろうか。米沢（山形県）で歌ったものに次の詩がある。

米沢道中
幾行鴻雁鳴南去
回首不耐秋蒼茫
千峯葉落風雨後
一郡《ママ》寒村帯夕陽

米沢道中
幾行の鴻雁《こうがん》鳴いて南に去る、
回首すれば秋の蒼茫《そうぼう》たるに耐へず。
千峯《せんぽう》葉落す風雨の後、
一群の寒村夕陽を帯《お》ぶ。

越後の守護の上杉景勝が後に米沢に移封された。そんなむかしをしのびながら米沢を訪れたのであろう。

また柳津の虚空蔵菩薩《こくうぞうぼさつ》の参拝にも赴いている。彼の詩に「也奈伊津《やないづ》の香聚閣《こうじゅかく》に宿り、早《つと》に興《お》きて眺望す」とある。円蔵寺より紅葉を通してみる川の眺めは格別である。風光明媚《めいび》な眺望はきっと良寛の旅の疲れをいやしてくれたにちがいない。今、柳津の公園広場に良寛の詩碑が建てられている。

良寛は鶴岡市の明伝寺にある大森子陽碑にも赴いたようだ。

老いても健脚だった良寛は、足を伸ばせば久保田（秋田県）であり、久保田は菅江真澄《すがえますみ》の居所でもある。良寛は前述したとおり天明四年（一七八四）七月一日、信州松本近くの湯の原温泉で、真澄と師国仙和尚が歓談したそばにいたから面識があり、真澄の博識、多芸に感心した覚えがある。

このめぐり会いは、良寛の母秀子（のぶ）の一周忌に国仙にともなわれて参列した帰途で、真澄の

柳津公園内の良寛像と詩碑

『来目路《くめじ》の杖』によれば、松代、善光寺を通って越後入りしており、たまたま湯の原温泉で会ったわけである。

真澄は三河の人で、三十歳で故郷を出てから文政十二年（一八二九）に秋田の地で没するまでの四十余年近い年月を旅のなかにすごした。この間、日記、随筆、地誌、図絵集など厖大な著作を残した。なかでも大きな功績は『秋田藩領地誌』を作成したことである。

良寛は真澄に会いたかったのであろうが、真澄が旅に出て不在だったのか、事情があって秋田まで行けなかったのか、残念ながらその形跡はまったく見あたらない。

良寛の関東行脚は、まず信州の善光寺に参拝し、武蔵に出て現在の深谷市矢島（埼玉県）の慶福寺の大忍和尚の墓を詣でたらしい。大忍和尚は尼瀬で生まれているから、郷里は近くてお互いによき詩の理解者として文化的な交流を結んでいたのであろう。大忍の死後、良寛は次の詩をつくってその死を嘆いている。

吟苦実如涼秋虫　　吟苦実《まこと》に涼秋の虫の如し、

詩成幾怪格調謾
世上復無大忍子
誰人為余防客難

詩成りて幾《いくばく》か怪しむ格調の謾《ゆるや》かなるを。
世上復《また》大忍子無し、
誰人《たれびと》か余が為に客難《かくなん》を防がむ。

良寛は古きよき思い出をたどりながら、ゆっくりと老いの行脚を楽しんだのであろう。

由之の旅

良寛が秋田方面に足をのばしたかどうかは明らかではない。良寛の弟由之は羽前、羽後と旅を続け、久保田で文人菅江真澄と会い、さらに蝦夷《えぞ》の地に渡っている。

一方、菅江真澄は天明四年（一七八四）七月三十日から四十日間越後の旅をしているが、信州湯の原温泉で国仙和尚と歓談していることは前に述べたとおりである。その際、真澄は国仙に同伴していた良寛に会って、みどころのありそうな修行僧に興味を覚えたにちがいない。そのためか、後年になって久保田の本誓寺是観上人に、成熟した良寛のことをいろいろたずねて聞き出している。是観は越後弥彦村の寺の出身である。越後を旅して直接良寛に会ったかどうかはわからないが、良寛のことをかなりくわしく知っており、手まりをつく変わった坊さんだと真澄に説明している。

菅江真澄は三河の出身であるが、天明三年（一七八三）に三十歳で故郷を出て、文政十二年（一八二九）に七十二歳で秋田で没した。

菅江真澄は字《あざな》を常冠、通称は白井秀雄、英二、または永治といった。出身地の岡崎では文化グループのリーダー的存在だったが、後には書を通じて各地を遊歴した。

真澄の書いた『高志《こし》のものがたり』に、良寛の弟由之と会った一文がある。「文政五年久保田なる長野坊《マチ》、小野寺（姓名）の館《ヤド》に在りつるに、雨のいやふる日、越ノ国蒲原出雲崎の橘巣守由之訪《トヒ》来《キタ》り……此由之、国上山の手毬《てまり》上人良寛の舎弟なるよし」と、そのときのようすが書かれている。

一方、由之の『橘由之日記』から久保田附近を中心に書かれたものを拾ってみよう。

四日、ゆくままに海の向ひに小鹿の島見ゆ。

うち見ればまづ哀なり秋の野に　これや妻とふ小鹿の島かも

遥かに聞きわたりしを、今日しも見るがあはれなるなり。

五日、朝とく久保田に着く。この間《あわれ》ただ一里なり。ここにて暑さ過ぐせと、いと懇にいふ人のありしかば、うち頼みつつ留まりしに、心にはさも思はずやありける。程ふるまで旅屋にすておき、はたそこは馬宿す家にて、もの騒がしければ、静けき方にうつろはまく思へど、知らぬ国なれば心とはえせず、留めし人はた事にも思はぬは心なしといふべし。

さる間におのづから知る人も出来て、二十四日湛照が庵につどひて題よみす。月前郭公《かっこう》、五月雨久といふ二つをおのおの詠む。

親切な人が斡旋してくれた宿は駅家であったと思われる。駅家は古くは公務の人の利用に限られていたが、後には一般の旅人の利用にも供された。そこには伝馬（継馬）が数頭つながれ、旅人の宿の提供、荷物の運搬などを行っていたところである。

二十八日になると湛照などが手配し、「心しらひにて、西村某家にうつろふ。ここはやや静けくて、いささか心おちゐたりとやいはむ」と由之は述べている。

久保田はさすがに佐竹藩の城下町だけあって文化人も多く、いごこちもよかったとみえ、かなりの間滞在している。そして大悲寺、応供寺、武藤の家、進藤の家などの各歌会に招かれ、歌の交流を行っている。さきの駅家の主人は、伝馬に目配りをしていたと思われる馬廻り役に連絡をとったものと推測される。

由之は、やがて真澄らと別れを惜しんで蝦夷の地に向かった。

蛾眉山《がびさん》下橋杭

文政八年（一八二五）十二月の頃、越後椎谷浜に長さ二・七メートルほどの木片が流れ着いた。木片の上方には獰猛《どうもう》な人獣面が彫られ、中央部には「娥眉山下橋」と楷書で刻まれていた。

『北越雪譜』のなかで、鈴木牧之《ぼくし》は「文政八酉の十二月、例の如く薪を拾ひに出しに物ありて柱のごとく浪に漂ふをみれば人の頭とみゆる物にて甚《はなはだ》兇悪なり。貧民等惧《おそ》れてたちさり、もののかげより見居たるに、此もの竟《つい》に磯にうちあげられしを見て人々立よりみたるに、文字はあれども読者なく、是は何ものならんとさまざま評し居たるをりしも、ここに近き西禅院の童僧通りかかり、唐詩選にておぼえたる娥眉山の文字を読み、これは唐土の物なりとききて貧民拾ひて持かへり、さすがに唐土の物とききて薪にもせざりしに、此事閧伝《こうでん》して竟に主君の蔵となりし」と記している。この木片は中国四川《しせん》省にある蛾眉山下の橋杭が遠く日本に流れ着いたものとして、評判になった。

一方、この木片は中国のものではなく、韓国からのものという説もある。この木片は殿に献上され、今は高柳村貞観園の所蔵となっている。良寛はこの現物を見て、次の詩をうたっている。

題蛾眉山下橋杭　　蛾眉山下の橋杭に題す
不知落成何年代　　知らず落成何《いず》れの年代ぞ
書法遒美且清新　　書法遒美《しゅうび》にして且《か》つ清新
分明我《ママ》眉山下橋　　分明なり我眉山下の橋
流寄日本宮川浜　　流れ寄る日本宮川《みやかわ》の浜

次の詩は同時に書かれたものであろう。

夢左一覚後彷彿　　左一を夢み覚めて後彷彿《ほうふつ》たり
二十余年一逢君　　二十余年一たび君に逢ふ
微風朧月野橋東　　微風朧月《ろうげつ》野橋の東
行々携手共相語　　行く行く手を携へて共に相語り
行至与板八幡宮　　行きて与板八幡宮に至る

良寛はこの詩のなかで、「二十余年一逢君」としていることから、三輪左市の死後二十三年目に夢で会い、与板の八幡宮まで歩いたことを回想している。

天の怒り

台風と三条地震

わが国では二百十日という言葉があるように、数年おきに台風がやってくる。この秋の大風はいつのものか確定できないが、文政九年（一八二六）にかなりの大風が吹いているのでこの年であろうか。いずれにしても良寛は一人身であったので、雨戸のきしむ音、雨板がはずれて響く音など、ひじょうに心細かったことだろう。ときには雨戸を強く押さえて台風の過ぎ去るのを待ったに違いない。

ながつきのはじめつかたここちあしくていほにこもりたりけるに、かぜのいとふきてみかみよさやまざりければ、こころやりによめる

うきわれをいかにせよとてあきかぜの　ふきこそまされやむとはなしに
むらぎものこころさへにぞうせにける　よるひるいはずかぜのふければ
しかりとてたれにうたへむよしもなし　かぜのふくのみよひるききつつ

またしかをこひてよめる

たかさごのをのへのしかのなくこゑを　このごろきかでこひしかりけり

草庵の単身生活では豪雪はやはり恐怖であった。低い草庵はうず高く積もった雪の山にすっぽり埋まり、外に出ることさえままならない大雪は、家の倒壊の恐れを抱きながら、まんじりとして眠れない夜もしばしばであった。そのうちに食糧はとぼしくなり、陽春が一日も早く訪れ、雪の消えるのを念仏を唱えて祈るのみであった。

文政十一年（一八二八）十一月十二日、巳《み》の刻（午前十時）ともいわれているが、三条を中心に大地震があった。越後での被害は全壊家屋一万二千九百戸、焼失家屋千二百戸、死者千六百人、負傷者二千七百人といわれている。とくに信濃川流域の町村に大きな被害があった。屋根の木端をおさえる石はあられのように降りそそいだ。おりからの市《いち》の日で、路上でも火を使っていたらしく、あちこちに火災が発生した。三条と見附は火の渦となり、ほぼ全村が焼失して全滅状態となった。当時の識者は人心がゆるみ、その天罰によって地震にみまわれたものだと警世の詩をつくった。良寛はこの災害にひどく心を痛め、数篇の詩をつくっている。

日々日々又日々　　日々《にち》日々又日々
日々夜々寒裂肌　　日々夜々寒さ肌《はだえ》を裂く

漫天黒雲日色薄
匝地狂風巻雪飛
驚濤蹴天魚龍漂
墻壁相打蒼生悲
四十年来一回首
世移軽靡信如馳
況復久褻太平
人心堕地
将錯就錯幾経時
慢己欺人為好手
者度災禍不亦宜
謹白尽地人
自今而後
各慎其身莫效非

漫天の黒雲日色薄く
匝《そう》地の狂風雪を巻いて飛ぶ
驚濤天を蹴って魚龍漂ひ
墻《しょう》壁打って蒼生《そうせい》悲しむ
四十年来一たび回首すれば
世は軽靡《けいび》に移ること信《まこと》に馳《は》するが如し
況んや復《また》久しく太平を褻《あなど》って
人心地に堕《お》つ
錯《しゃく》を将《も》って錯に就《つ》き幾たびか時を経て
己を慢《おご》り人を欺《あざむ》くを好手と為す
者度《このたび》の災禍亦宜《またうべ》ならずや
謹みて白《もう》す地に尽くすの人
今より後は
各《おのおの》其の身を慎みて非を效《なら》ふ莫《な》かれ

良寛は三条地震が気にかかり、自ら惨状を目で確かめようと三条まで足を伸ばしている。

大地震
もののふの真弓白弓あづさ弓　張りなばなどかゆるむべしやは
三条の市にいでて
ながらへむことや思ひしかくばかり　変はりはてぬる世とは知らずて
かにかくに止まらぬものは涙なり　人の見る目も忍ぶばかりに

良寛の慈悲心に火がついて、涙がぽろぽろ落ちてとまらない。人々は贅沢にはしり太平の世になれていたため、天の啓示ではなかったのかと良寛は思った。地震当時、良寛は島崎の木村家に寓居《ぐうきょ》していた。弟の由之は良寛の身を案じ、使いの者に手紙を託して見舞っている。

さむさハいかゞ御凌被遊候や　さて今日はおぼえなき大なるにて此辺も大さわぎに御ざ候　去ながら内は難なく候まゝ御案事被下まじく候　便りにうけ玉ハり候へば　其方ハまして大さわぎのよし　不安心ゆゑ長屋の者共をたのミ鳥渡御きげんうかゞひ奉候　私も当時内に居候　近比少し気分あしく候処　二三日ハよろしく候　恐々

十二日　由之

良寛様

由之は所《ところ》払いの身であったが、病気がちのために出雲崎の生家に身を寄せていた。島崎の全壊家屋は二軒ほどで、良寛の草庵は無事であった。
良寛はその後三条の宝塔院隆全へ、さらに阿部定珍および山田杜皐《とこう》にあてて見舞状を出している。杜皐宛の文面は次のとおりである。

地しんは信《まこと》に大変に候　野僧草庵ハ何事なく親るい中死人もなくめで度《たく》存候
うちつけにしなばしなずてながらへて　かゝるうきめを見るがはびしさ《ママ》
しかし災難に逢時節には災難に逢がよく候　死ぬ時節には死ぬがよく候
是ハこれ災難をのがるゝ妙法にて候　かしこ
臘八　良寛
山田杜皐老　良寛
与板

良寛はものごとにさからわず、とらわれることもなく、自然順応に重きをおく人生観がこの手紙に惨みでている。まさに悟り切った心境といえよう。いや宗教上の極致を表す高度な思想の持ち主ということができよう。

三条地震による与板の被害は全壊二百六十四戸、全焼十八戸、死者三十四人、負傷者は百十八人だったという。与板藩主井伊直経《なおつね》（三十一歳）は翌文政十二年（一八二九）春に供養を行ったが、災害の救護として全壊家屋の家には籾《もみ》二俵、十五歳以上の死者には五百文、子どもには二百文をとりあえず支給した。日頃から権力者には迎合しなかった良寛も、藩主の善政に心から感動していくつかの詩をつくっている。次にその一つをあげてみよう。

恭聴於香積精舎行無縁供養遥有
此作　此有文政十一戊子冬十一
月十二日地振後
香積山中有仏事
預選良晨建刹竿
受風宝鐸丁東鳴
交文幢幡参差懸
梵音哀雅鉦磬起
古殿窈窕栴檀薫
僧侶森々霜雪潔

恭しく香積精舎に於て　無縁供養を行ぜしことを聴き
遥かに此の作あり　此《これ》文政十一戊子冬十一月十二日地振
の後に有り
香積山中仏事有り
預《あらかじ》め良晨《しん》を選んで刹竿《せっかん》を建つ
風を受けて宝鐸《たく》丁東と鳴り
交文《もん》の幢幡《どうばんしんし》参差として懸かる
梵《ぼん》音哀雅にして鉦磬《しょうけい》起こり
古殿窈窕《ようちょう》として栴檀《せんだん》薫る
僧侶森々として霜雪潔く

往来綿々群蟻牽
靉靆法雲覆瓦甍
繽紛雨華翻山川
賛歎声融連底氷
歓喜心回艶陽天
昨夜有人与板帰
只道今日結良縁
借問法会主是誰
都此供養弁侯門
吾聞是語頻落涙
誠哉当時愷悌君

往来綿々として群蟻を牽《ひ》く
靉靆《あいたい》たる法雲瓦甍《がぼう》を覆ひ
繽紛《ひんぷん》たる雨華山川に翻る
賛歎の声は連底の氷を融かし
歓喜の心は艶陽の天を回《めぐ》る
昨夜人有り与板より帰り
只道《い》ふ今日良縁を結ぶと
借《しゃ》問す法会《え》の主は是誰ぞと
都《すべ》て此の供養は侯門より弁ずと
吾《われ》是の語を聞いて頻《しきり》に涙を落とす
誠なる哉《かな》当時の愷悌《がいてい》の君

同種の詩がいくつかある。

その日は朝から道路をはききよめ、寺ののぼりが立てられ、仏事のあることを知らせていた。往来の人々はそれぞれの思いを抱いて集まりやがて法要が始まる。式場は厳粛のうちにも清々しく、人々はみんなありがたく感じるのであった。そのようすをだれかが良寛に知らせたが、それは藩主の意志にもとづくものだと聞いて感激の涙を流し、心のやさしさに「愷悌君」と賞賛した。良寛は権力の座にある者との交際を嫌っていたので、武士階級の者とはほとんど接触していない。しかし、藩主直経の民衆を愛する人柄には涙が出るほどうれしかった。文政十二年（一八二九）五月二十五日にも大風があった。長岡藩での被害は破壊家屋百六十二戸、倒木二万二千三百五本と記録されている。良寛はこのとき「大風の吹きし時の歌」という長歌をつくっている。

木村家庵住

文政九年（一八二六）、良寛は六十九歳になっていたので、人里離れた草庵のひとり住まいは生活するにもたいへんだったであろう。とくに病気になっては取り返しがつかなくなると、僧遍澄ら知己の者たちは心配していた。島崎の能登屋こと木村家邸内に移るについて、貞心尼《ていしんに》（良寛の愛弟子）は『蓮《はちす》の露《つゆ》』で次のように述べている。

島崎の里なる木村何がしといふもの、かの道とくをしたひて、親しく参りかよひけるが、よはひたけ給ひて、かかる山かげにただひとり物し給ふ事のいとおぼつかなうおもひ給へらるゝを、よそに見過しまゐらせむもこころぐるしけれバ、おのが家ゐのかたへに、いさゝかなる庵のあきたるが侍れバ、かしこにわたり給ひてむや、よろづハおのがもとより物し奉らんと、そゝのかし参らするに、いかゞおぼしけむ、稲ぶねのいなとものたまはず、そこにうつろひ給ひてより、あるじいとまめやかに、うしろ見聞えければ、ぜじも心安しとて、よろこぼえ給ひし。

木村元右衛門はもともと信仰心があつかったので、良寛の徳を慕って五合庵をときおりたずねていたが、年老いた良寛の生活を見るにみかねて木村邸内に移ることをすすめた。良寛も喜んでそれに応ずることになった。木村家ではじめ裏門あたりに新しい庵《いおり》を建てるつもりだったが、移転の話が出た翌日早々、島崎出身の遍澄に案内されて良寛がきた。もともと新庵ができるまで母屋にいてもらうつもりだったと話をしたが、良寛は外出して遅く帰ることもあるので、迷惑をかけるからとがんとして応じないので、しかたなく作業小屋を掃除して入ってもらうことにした。

良寛は阿部定珍に出した近況報告の手紙のなかで、「島崎能登屋のうらに住居仕候、信にせまくて暮し難く候」と書いているが、おそらく五合庵程度の広さだったと思うが、乙子神社の社務所の広さになれた身としては、狭く感じたのかもしれない。今まで自然の樹木の多いなかで自由に生活した身にとって、すぐ近くの周囲に家々があることは何となく圧迫感を覚えたのであろう。

文政十年（一八二七）頃、良寛生存中にできた唯一の詩碑が建てられた。十字街頭碑は三森九木の絵に対してうたったものと前述したが、建立者は三浦屋元助（三浦屋幸助の長男か）、成田伝吉、小林卯兵衛、市川関右衛門らであった。しかし、文久三年（一八六三）四月十日の火事で壊滅したが、同じ文で大正十三年に再建された。

和島（島崎は和島村内）良寛の里美術館

文政十二年（一八二九）に、良寛は由之に手紙を送り、人から塩入りの壺をもらったがふたがないので、「さざえのふた」などでふたになる適当なものがあったら送ってほしいと、大きさまで書いて次の歌を添えて手紙を出している。

世の中にこふ《ママ》しきものははまべなる　さゞい《ママ》のからのふたにぞありける

それに対して由之はあちこちと聞いてみたが、適当なものが見あたらなかったので次の歌を送った。

わたつミの神にまひしてあさりてん　君がほりするさゞゐ《ママ》のふたは

「さざえのふた」の歌にはもう一つの逸話がある。長岡の花井町の仏師与三治から良寛は借金をした。折あしく一本道で良寛は与三治にばったりと出会ってしまった。与三治はこれはちょうどよい機会だと、良寛に借金返済の催促をした。良寛は手持ちの金がなかったので、ありあわせの紙に次の歌を書いてやった。

このごろの恋しきものは浜べなる　さざえの殻のふたにぞありける

与三治は金を返してもらうより、もともと良寛の書がほしかったので大喜びをした。

木村家に金持ちふうの品のよい老人がふらりとやってきて、良寛に「長生きする方法を教えてくだされ」といった。良寛は「多少心得ている」というと、老人は「私は八十まで生きてきて何の不足もないが、できるなら百歳まで生きたいものだ」といった。良寛は、「今、もう百まで生きてきたと思えばよい。そう思って暮らせば、一日生きれば一日のもうけ、一年生きれば一年のもうけ」と教えてやった。人間はいつかは死んでしまう。ことによると今日死ぬかもしれない。だから一日一日を大切に生きなければならないと悟してやった。

浜までは海女《あま》もみの着る時雨かな

すぐ海に入って濡れるのに少しでも濡れないようにしようとする生き方が真実の生き方だろう。また、ある人が「良寛さまの字は難しすぎる」といったので、良寛は「一、二、三」「いろは」と書いてやったということだ。

VI 愛の絆

つきてみよ

貞心尼《ていしんに》の素性

良寛の最晩年に忽然《こつぜん》と現れ、良寛のまわりに馨《かぐ》わしい芳香を漂わせ、良寛を白萩の花でやわらかく包んでくれた女性、それが貞心尼であった。貞心尼はこよなく萩を好んだ。

七草の花はいろいろにほへども　萩のにしきにしく物ぞなき　　貞心尼

貞心尼が最初に島崎の木村邸に住む良寛を訪れたのは、文政十年（一八二七）の白萩の咲き誇る頃であったという。しかし折あしく良寛は留守だったので、貞心尼は手まりに歌を添えて木村家の家人に託して、後ろ髪を引かれる思いで長岡の福島に帰った。まもなく良寛から「お会いしたい」という手紙が届いた。

貞心尼は息をはずませ、塩入《しおいり》峠を登るのももどかしく良寛に会いに行った。ときに貞心尼は良寛より四十歳も若かった。互いに年齢の差など超越していた。以後は二人はときおり会って、貞心尼は宗教、歌、書の道などを教わる愛弟子になった。

貞心尼は本名を「升《ます》」といい、長岡藩士二十五石の鉄砲蔵師五代奥村五兵衛の娘として、寛政十年（一七九八）に長岡の荒屋敷で生まれた。幼ない頃から蒲柳《ほりゅう》の質で、病気がちの体質であった。母は二歳のときに死亡、家の近くに知慶院や真言宗玉泉寺があり、境内でよく遊んでいたが、「ます」は遊びよりも勉強が好きであった。

当時の女性の勉学はそれこそたいへんであった。長岡藩筆頭家老稲垣平助の娘鉞子《えっこ》（後に結婚して杉本鉞子となる）でさえ勉学はたいへんで、彼女は自ら書いた世界的ベストセラー『武士の娘』のなかで、女性の勉強の苦労を訴えている。まして下級武士の娘はなおさらのことで、「ます」は行燈《あんどん》に着物をかけ、あかりがまわりに漏れないように気をつかって勉学に励んでいる。また、『秋萩帖』を手本にして火鉢の灰に字を書いて学んだというし、余ったお金で筆墨をこっそりと買い、習字の練習をしたのである。

奥村家には下男の佐藤平と下女の八重が使用人として働いていたが、ともに柏崎の出身であった。文化六年（一八〇九）、「ます」は下女八重に連れられて、柏崎の閻魔堂《えんまどう》の祭礼に遊びに行った。その際、関屋大之の娘に「ます」と同年齢ほどのコトという女の子がいたので、二人は海岸で楽しく遊んだ。「ます」にとってははてしなく広がる水平線、海岸に打ち寄せる珍しい貝殻、見るものすべてが好奇心の対象であった。このとき「ます」は歌を口ずさんだ。

岩田正己画「若き日の貞心尼」

あまの子はさくらがひをやひろふらん
　なみの花ちるいそづたひして

将来の女流歌人としての片鱗《へんりん》をうかがわせる歌である。「ます」は後に出家して貞心尼となるが、相馬御風《ぎょふう》は貞心尼を称して幕末の三大女流歌人の一人としてたたえた。

そのうちの一人は、「朝顔につるべ取られてもらい水」の加賀の千代女《ちよじょ》であり、もう一人は、「とびめぐるてふにひかれて初わらび　をりおもしろき春の山道」とうたった京都の蓮月尼《れんげつに》である。そして、「朝げたくほどハ夜のまにふきよするおち葉や風のなさけなるらむ」とうたった貞心尼だった。

「ます」は生来美貌であった。後に貞心尼の弟子になった智譲尼は、「うちのお師匠さまほどの美人は見たことがない。今でさえあんなに美しいから、若いときはどんなにか美人であったであろう」と述懐している。小出町の仙巌尼も「ます」が美人であったことを証言している。また、栃尾又温泉の自在館の星松枝（歌人で杏花《きょうか》）は『老松』、『千羽鶴』などの歌集を出しているが、この人も「ます」の美人説を唱えている。小出町の古老や柏崎の人たちも、「ます」は美人だったために若者が後からついてゆくので、顔を頭巾《ずきん》で隠して歩いていたものだと証言している。

文化十一年（一八一四）、「ます」は美人なるがゆえにみこまれて、堀之内在竜光、下村清右衛門家出身の医師関長温と十七歳で結婚することになった。長温ははじめ長岡の栖吉町鷲尾食料品店で漢法を習い、後に長岡藩医関玄達の養子に入ったが独立し、小出島で町医者として開業した。「ます」は武士の娘としての気持ちが抜け切れずに気ぐらいが高く、村人の評判は必ずしもよくはなかった。文政三年（一八二〇）に長温が死亡したために「ます」は実家に帰ったという。別説があって、竜光の下村東作家の過去帳を見ると、長温は文政十年（一八二七）亥《い》二月十四日小出島で没とあり、その頃「ます」は福島村に在住していたから、死別ではなくて離別であるというのが宮《みや》栄二氏の説である。

現在はほぼ離別説のほうに傾いているが、小出町の松原啓作氏はいぜんとして死別説をとっていた。それは「浜のあんじょさま（尼女）」が後になって「浜のみがき鰊《にしん》」を持ってときどき小出島を訪れており、離別されたなら離別地にたびたび恥をさらしにくるわけがないとしている。また、小出の松原雪堂のもとに良寛の肖像画を描いてもらうために何回も訪れているが、プライドの高い武士の娘が離別地の小出島に何回もくるわけがない、という理由によるものである。生別か死別かはともかくとして、「ます」はむかし訪れた懐かしい柏崎をたずね、文政三年（一八二〇）には柏崎下宿の閻王寺《えんおうじ》の眠龍、心龍姉妹の尼さんの弟子になった。眠龍と心龍は鳥屋の中沢宗次郎の家の出身である。

長岡の奥村家からは傑僧が出ていた。その僧は燕《つばめ》市の万能寺十三世、泰祀《たいきょう》国光大和尚で、万能寺が火災で焼失したとき、国光和尚の努力で文政六年（一八二三）に再建した。再建したときの棟《むね》札《ふだ》には、「文政六年一月二十八日、長岡産、金主、家中奥村五兵衛は現住の父也」とあり、国光は奥村家出身であることがわかる。なおこの万能寺は玉島円通寺の徳翁良高《とくおうりょうこう》が開基した寺である。

これらの仏縁があってのことか「ます」は閻王寺で剃髪《ていはつ》し、柏崎大久保、洞雲寺の泰禅和尚から貞心尼の法名を授けてもらった。貞心尼は久しく修行に追われたために故郷長岡の墓参に帰っていなかったので、文政八年（一八二五）長岡の菩提寺長興寺内の墓地に参拝するために実家を訪れた。実家の父もかなり老衰して髪も真っ白になり、弱っている姿を見ると何となく心もとないので、できれば長岡近郊に住んで父を見守ってやりたいと考えた。放置されたままうらぶれた生家を見て、次のようによんでいる。

来てみれば袖ぞぬれけるふる里の　かきねまばらに咲ける秋萩

久しぶりに長岡まできたので、かねて知己の筒場の大庄屋安藤林泉宅をおとずれた。安藤林泉はその地方きっての文化人だったため、良寛も長岡方面の托鉢《たくはつ》や所用の際には、ひと休みをするのにちょうどよい位置にあるので安藤家に寄ることが多かった。良寛は安藤家では気楽に漢詩を書いてやったり、書をしたためたり、ときには信仰心のあつい林泉と宗教上の話をしたりして、きわめて昵懇《じっこん》のあいだがらであった。

長岡市福島町の閻魔堂

貞心尼は林泉から良寛の話を聞くと、ぜひ良寛さまにお会いしたいとの気持ちが沸々《ふつふつ》と湧いてくるのであった。また、林泉は福島には閻魔《えんま》堂という空庵があるので、庵のとなりの庄屋の桑原家に相談してみたらどうだろうといった。桑原家は慶安のはじめに桑原久右衛門が苦心をして福島江《こう》を開削《かいさく》した家で、主人も親切な人であった。

美女堂守

閻魔堂の堂守として住みたいと庄屋に話をすると、二つ返事で快諾してくれた。庄屋の桑原はなかなか親切な人で、貞心尼の面倒をなにくれとなくみてくれた。久しく空庵で荒れていた堂も人が住めるように補修してくれた。

貞心尼は文政十年（一八二七）春三月に閻魔堂に移り住んだ。堂からはたんぼをとおして中世の山城が点在する東山連峯が望まれ、北には弥彦山、国上山《くがみやま》が霞の上に浮かんで見え、西は夕景に映える西山丘陵が静かに横たわっている。貞心尼はすっかり閻魔堂が気に入った。朝夕の読経《どきょう》のほかは、頼まれれば気軽に近所に出かけたり、請われると真福寺の役僧として出かけ、雨の日などはゆっくりと読書することもできた。また退屈なときには一弦琴の須磨琴をならして、歌とも経ともつかない変な節回しでしわがれ声を出して自らを慰めていた。貞心尼は美人だったが、天は二物を与えずといわれるように、声がガラガラの悪声であった。

すま琴の裏に書きつけるうた
かきならすただ一すじの琴の音に　よろずのうさもわすられにけり

貞心尼が村々を托鉢すると、近所の婆さんたちがついてくる。いっしょにまわるといつもより喜《き》捨《しゃ》が多かったという。
ある日、この堂に泥棒が入って、着物をはじめ残らず持ってゆこうとするので、貞心尼は良寛の袈裟《けさ》だけは残してほしいと頼んだという。そして泥棒にご飯を食べさせてやった。貞心尼は着物がなくなったので、橋本良之助のところにゆき、着物をもらったという。これは閻魔堂に住み、やがて柏崎に行くという閻魔堂時代の末期のことである。

この閻魔堂のある福島から貞心尼の弟子になった女性が二人いたという。一人は智徳明全比丘尼《びくに》といい、柏崎の洞雲寺の過去帳には「弘化四年（一八四七）末八月十二日、広小路不求庵　貞心尼の徒　長岡福島の産」と書かれてある。もう一人は明全の妹らしく、祥山と称したがなかなかおてんば娘で、洞雲寺の法事のときになすを食べすぎて赤痢になって死んだという。

昭和三年以前に、上杉草庵と木村秋雨が福島までやってきて村内をいろいろと調査したが、ついに二人の出身の家はわからなかったという。

また、村の娘たちがよく茶碗と箸を持って閻魔堂に集まったというから、おそらく彼女たちが貞心尼から習字を教わり、その後ささやかながら会食をして楽しんだのではないだろうか。

閻魔堂の前には細い参道があり、参道わきに石燈籠が一基立っており、堂の存在を示していたようである。堂の近くには大きなけやきの木があり、長岡市の指定文化財になっている。貞心尼は朝夕これを仰ぎ見たことであろうし、秋には落葉を集めれば炊事の燃料には十分であった。

良寛の「たくほどは風がもてくる落葉かな」と対比するように、「朝げたくほどハ夜のまにふきよする　おち葉や風のなさけなるらむ」とうたっている。大けやきの木蔭にはこの歌を刻んだ歌碑が建っている。

平成七年十一月十一日には、焼失した閻魔堂が「福島貞心尼思慕会」と「長岡良寛の会」の手によって再建され、往時のようすをしのばせてくれる。

長岡市信濃川河畔の貞心尼歌碑

新しい堂内には、かつて火災にあいながらも、さいわいにも表面だけ焼けた閻魔像が関東町の栗原仏師によって彩色され、十王像とともに堂内に祀られている。また、良寛がよく遊びにいった長岡の旅籠《はたご》の主人本間三郎兵衛ゆかりの、本間正三画伯が描いた貞心尼画像が掲げられている。

同じく平成七年十二月十三日には、「長岡良寛の会」の手によって信濃川河畔に歌碑が建てられた。

夕されハもゆるおもひにたへかねて
ミぎはの草にほたるとぶらむ　　貞心尼

この歌は『もしほ草』より抽出したもので、貞心尼が島崎の良寛を訪れたとき、その途中で信濃川の船待ち時にうたったものであろう。貞心尼がふたたび柏崎に戻るまでの約十四年ほど閻魔堂に庵住していたわけだが、福島に伝承や逸話はほとんどなく、書蹟や書翰《しょかん》などが皆無なのは不思議なことである。文政十年（一八二七）四月十五日、木村家に貞心尼は書簡を送っている。前半が切れていて全体がわかりにくいが、良寛のことを記している。

何かたにか御座なされ候や、やがてまたあつき時分は御かへり遊さるべくと存じ候へば、どふ《ママ》ぞやそのみぎり参りたき物とぞんじまゐらせ候

良寛に会いに行ったが留守だったので、次の機会にはぜひ良寛に面会したいということを前から木村家に伝えていたようである。貞心尼はすでに木村家とは懇意だった。貞心尼が実際に木村家にいる良寛のもとを訪ねたのは文政十年の夏と思われるがあいにくと留守だった。そこで良寛が日頃望んでいた手まりに歌を添えて木村家に託した。

師常に手まりをもて遊び給ふとききて奉るとて　　　貞心尼
これぞこのほとけのみちにあそびつゝ　つくやつきせぬみのりなるらむ

その後まもなく使いの者が、良寛の歌を携えてやってきた。

御かへし
つきてみよひふミよいむなやここのとをとおとおさめてまたはじまるを

私といっしょに手まりをついてみましょう。一、二、三、四とまたはじめに戻る手まりのように、教えと修行は限りないものですよ、といった意味であろうか。

貞心尼はかねがね木村家より良寛が手まりを大切にしていることを聞いていた。そこで貞心尼は、「良寛さまにあげたい」と春の深山で集めたゼンマイの綿を幾重にもかがってつくった、五色に光る美しい手まりであった。仏前のお務めの合い間や雨で托鉢を休む日には、良寛のために貞心尼は自ら心をはずませて、おどる若鮎のような指を動かして一心不乱につくった手まりであった。

せっかく心をはずませてつくった手まりも、良寛が留守ではその喜ぶ顔も見られず、さぞやがっかりして貞心尼は帰ったことであろう。良寛はその美しい艶やかな手まりを見て、老いた心を動かし明るさを取り戻したことであろう。

夢の出会い

良寛と貞心尼が初めて出会ったのは、良寛が孤高の七十歳、貞心尼は輝くばかりの雪肌で女ざかりの三十歳のときであった。良寛から誘いの手紙があり、貞心尼はこおどりして島崎に向かった。『蓮の露』には、以下の贈答歌（相聞歌）がのっている。

はじめてあひ見奉りて　　　　　　　貞心尼
君にかくあひみることのうれしさも　まださめやらぬ夢かとぞ思ふ

前々から胸ふくらませて待っていたこの日に会うことができて、貞心尼はさめきらない夢のなかをさまよっているような恍惚とした気分だと述べた。それに対する良寛のお返しの歌である。

御かへし　　　　　　　　　　　　師
夢の世にかつまどろみて夢をまた　語るも夢もそれがまにまに

良寛は、私も同じ気持ちだといっているようだ。

いとねもごろなる道の物語りに夜もふけぬれば　　　　師
白妙の衣で寒し秋の夜の　月なか空にすみ渡るかも

夜がふけて衣を通して寒さが肌にしみてくるようになってきた。しかも月は中空にのぼり、美しく高く輝いている。深夜になってしまったので、そろそろ木村家にでも行って泊めてもらってはどうかと良寛がすすめた。

　　されどなお飽かぬ心地して　　貞

　向かひゐて千代も八千代も見てしがな　空行く月のこと問はずとも

貞心尼はいくら話をしてもまだまだものたりない。中空にのぼった月のことなど気にかけないで、もっともっとお話をしましょう。たとえ千代も八千代もの長い時間であってもよいでしょう。貞心尼の燃えるような情熱の激しさはまさに驚くばかりであった。そしてとうとう夜も白々と明けて、朝を迎えてしまった。

　　御かへし　　師

　心さへ変はらざりせば這ふ蔦の　絶えず向はむ千代も八千代も

もう二人の気持ちは、ことさら話し合わなくても以心伝心、大波が寄せたり引いたりするように強く通い合うようになっていた。東の空から曙の光が射《さ》すようになってきたので、貞心尼は再会を約束していったん木村家に宿泊してから、やがて福島の草庵に帰ることになった。

いざかへりなむとて　　　　　　　　　　　　　　　　　　　　　　　　貞
たちかへりまたもとひこむたまぼこの　みちのしばくさたどりたどりに

御かへし　　　　　　　　　　　　　　　　　　　　　　　　　　　　師
またもこよしばのいほりをいとハずば　すすきをばなのつゆをわけわけ

貞心尼はその後も島崎の良寛のところをときどき訪問している。貞心尼がうす暗い未明に福島の庵を出発して島崎の木村邸内の草庵に行き、会って話しをして帰ってくるには、たっぷりと一日かけても無理なほどである。おそらく日帰りが無理なときには木村家に泊めてもらったのであろう。福島から和島の島崎へ行くには、信濃川を渡ってさらに塩入峠を越さなければならなかった。信濃川は船のつごうがつけば乗せてもらって比較的らくに渡ることができるが、塩入峠は自力で登る以外に方法はない。むかしの塩入峠はケモノ道程度の細さの、しかも雑草の繁茂した山道で、そのうえけわしくて難所として通行人を苦しめた。ことに冬は旅人にとって厳しい障害となった。そのようすを良寛の弟由之は次のようにうたっている。

雪ふれば道さへ消る塩ねりの　み坂造りし神しうらめし

ますらをと思ひし我も塩練《ねり》の　小坂ひとつにさへられにけり
塩練の坂もうらみじ老らくの　身にせまらずば坂もうらみじ

これに対して良寛は次のようにうたっている。

しほのりの坂も恨めし此度は　近きわたりをへだつとおもへば
わが命さきくてあらば春の日は　若菜つむつむ《ママ》行て逢みむ

かつて芭蕉がこの峠を通り、「頭の上に咲く花遠き峠かな」とうたったという。
文政十一年（一八二八）頃、与板藩では峠の両側の本与板および荒巻の庄屋に命じて、曲がりくねった峠道の改修を行わせた。その結果、薄《すすき》が身の丈《たけ》以上に繁って、草いきれで息がつまるほどだった苦しみは解消され、貞心尼にとっても島崎への往復がずいぶんとらくになった。良寛はこの改修の成果を喜んで、次の歌をうたっている。

塩のりの坂は名のみになりにけり　行く人しぬべよろずよまでに
君がやど我がやどとわかつ塩法《しおのり》の　坂を鍬《くわ》もてこぼたましもの

良寛はこの改修がよほど嬉しかったとみえて、「塩入の坂を墾《ほ》ると聞きて」という長歌をつくっている。その歌のなかで、改修してくれた人たちのことを、神か仏かと述べて賞賛している。そして、「塩入の坂に向かひて、千度《ちたび》をろがむ」と、新しくなった坂に向かって、両手を合わせて感謝するばかりであった。

贈答歌

良寛と貞心尼の交流はその後も続いたが、貞心尼が約束した時期から二ヵ月もたったのに訪ねてくるようすがないので、良寛はしびれを切らして次の歌を貞心尼におくった。

ほどへてみせうそこ給はりけるなかに　　師

きみやわするみちやかくるゝこのごろハ　まてどくらせどおとづれのなき

貞心尼も良寛に会いたい気持ちはやまやまであったが、真福寺の番僧役としての寺役回りや、法事の読経などを頼まれたりして何かと忙しく、気にかけながらも便りを出すことができなかった。そこでさっそく返事をおくったのである。

御かへし奉るとて　　貞

ことしげきむぐらのいほにとぢられて　みをばこゝろにまかせざりけり

貞心尼は、会いたい人から催促の便りをもらったが、忙しさにまぎれて連絡することもできなくてまことに申しわけなかったと言いわけをしている。

良寛に接するときの貞心尼は、少女のように純粋でありかつ情熱的であった。良寛と貞心尼が会っていたある日の夕暮れ、良寛は他の知人宅に泊まりにいく約束をしていた。そこで良寛は、

日も暮れぬれば宿りにかへり又明日《あす》こそ訪はめとて

いざさらば我は帰らむ君はここに　い易くい寝よはや明日にせむ

と、いたわりの言葉を残して帰っていった。貞心尼はどれほど残念に思ったことであろうか。しかし思いもかけず、良寛が翌日の早朝に貞心尼のところにたずねてきた。貞心尼はたいへん喜んではずむ心を歌にあらわした。

あくる日は、とく訪ひ来給ひければ

歌や詠《よ》まむ手毬《てまり》やつかむ野にやでむ　君がまにまになして遊ばむ

良寛の行為に合わせて、貞心尼は身を投げ出してすべてをまかせきったのである。その気持ちが右の歌に惨み出ている。

御かへし
歌も詠まむ手毬もつかむ野にもでむ　心《こころ》一つを定めかねつも

この「定めかねつも」とは、歌にしようか手まりにしようか、それとも草つみに行こうかとどれを選択したらよいのかと迷っていることと、二人でいっしょにいることが心のすみによどんでいて、それで迷っていたのであろう。とはいっても、貞心尼に会うことは何よりも嬉しいと、良寛は思い切って告白しているのである。

あめがしたにみつるたまよりこがねより　はるのはじめのきみがおとづれ　師

あきはぎのはなさくころハ来て見ませ　いのちまたくばともにかざさむ　師

秋にはぜひ会いたいと良寛は素直に心情を吐露している。だが貞心尼は秋まで待つことができず、会いたくて会いたくて、夏にたずねてきた。

　されど其ほどをまたず又とひ奉りて　　貞
あきはぎのはなさくころをまちとをみ《ママ》　なつくさわけてまたもきにけり

そして二人が会うことも仏法《みのり》のおかげと知り、お互いに心を通い合わせる二人であった。

　いざさらバ立かへらむといふに　　師
りやうぜんのしやかのみまへにちぎりてし　ことなわすれそよはへだつとも
御かへし　　貞
りやうぜんのしやかのみまへにちぎりてし　ことハわすれじよはへだつとも

　二人はお互いに同じ歌をかわして約束を確認し合っている。文政十三年（一八三〇）、与板の山田杜皐《とこう》の家で歌会の寄り合いがあって、良寛も出席していた。そこに貞心尼がやってきてよほど会いたかったのであろう、良寛をデートに誘い出したのである。良寛は色が黒く、そのうえ墨染の衣を着ているので、例の山田家の「およしさ」が蛍《ほたる》のほかに烏《からす》とあだなをつけたのである。人々も

「それはぴったりだ」、「それはよい」と大笑いをした。誘い出しに成功した貞心尼は二人で与板の町を歩いた。そして良寛は微笑しながら歌をよむと、貞心尼がすかさず歌を返した。

いづこへもたちてをゆかむあすよりは　からすてふ名をひとのつくれば　師
やまがらすさとにいゆかば子がらすも　いざなひてゆけはねよはくとも　貞

良寛の親がらすが里にゆくならば、子がらすの貞心尼も一心同体だから、羽は弱くてもぜひともいっしょに連れていってくださいと甘えながら訴える。良寛は貞心尼の気の強さと、包みこむようなやわらかい女性の雰囲気に、ややたじたじとしながらも次のようにうたった。

いざなひてゆかばゆかめどひとの見て　あやしめ見らばいかにしてまし　師

良寛は、たとえ墨染の衣をつけているとはいえ、男女がむつまじく歩いているところを人があやしんで見たらどうしようかと困惑気味に答えると、貞心尼は次のようによんだ。

とびハとびすゞめはすゞめさぎはさぎ　からすはからすなにかあやしき　貞

何を恥ずかしがっているのですか？　口さがない世間雀の言うことなどいちいち気にしてたまるものですかと、貞心尼は本気なのだ。

貞心尼の気持ちのなかには、老いてこの先どのくらいの寿命の良寛さまかわからないが、仏門での大切なことはすべて導いてほしいとのあせりがあったので、戯《ざ》れ歌のような歌口ながら、貞心尼のあせりと真摯《しんし》な本心をさらけだしてぶつけてみせたのであろう。

少し遡るが、文政十一年（一八二八）に良寛は老齢にもかかわらず与板、中之島を通って、筒場の安藤林泉宅に顔を出し、福島の閻魔堂まで行って貞心尼に会ったようだ。貞心尼は良寛に会って、仏法すなわち法《のり》の道を教えてもらうようになった。

山のはの月はさやかにてらせども　まだはれやらぬ峰のうすぐも　貞

貞心尼はまだ目の前がもやもやして、悟り切れない悩みを良寛に訴えている。それに対して良寛は次のようにうたった。

久方の月の光のきよければ　てらしぬきけりからもやまとも　師
はれやらぬみねのうすぐもたちさりて　のちのひかりとおもはずやきみ　師

貞心尼は良寛の真剣な指導によって、次第に心の浄化するのを覚えて気がやすまった。

われもひともうそもまこともへだてなく　てらしぬきける月のさやけさ　貞

さめぬればやみも光もなかりけり　ゆめぢをてらす有明の月　貞

　御かへし

てにさはるものこそなけれのりの道　それがさながらそれにありせば　師

春風にみ山の雪はとけぬれど　岩まによどむ谷川の水　貞

貞心尼はまだ周囲の人々に対するわだかまりがあって、胸のなかがすっきりしないとその苦しみを良寛に訴えた。

み山べのみ雪とけなば谷川に　よどめる水はあらじとぞおもふ　師

まわりに遠慮することなく、尼のためらいなど問題にせず、「よどめる水はあらじ」と、すっきりした気持ちで会いにきてほしいと来訪をうながしている。この頃になると良寛も貞心尼も互いに積極的に求め合ったらしい。

こうして法《のり》の道、歌の道、書の道と、貞心尼は良寛から心強い懇切な指導を受け、みるみるうちに成長した。この二人の間には恋に似た感情がなかったのであろうか。それは愛に身を寄せ合った仲ともいえる。すなわち聖愛であり、究極の愛でもあった。良寛も貞心尼もともに愛に悩み、恋に苦しんださまが次の歌から胸に響いてくる。

恋学問妨

いかにせむまなびの道も恋ぐさの　しげりていまはふみ見るもうし　貞

貞心尼は、良寛さまを思うと胸が熱くなってきてとても本を開いて読む気などしないと、胸の底をさらけだして良寛に告白している。

いかにせんうしにあせすとおもひしも　恋のおもにを今ハつみけり　師

良寛は中国のことわざ（汗牛充棟＝蔵書が多くて重いこと）を引用して、私も恋の重荷にうちひしがれて苦しんでいるのだと、その胸中を告白している。この歌からみて、二人の間には恋心とも考えられる意識が十分にあったことがうかがえる。

文政十三年（一八三〇）の夏は暑い日が続いた。郷土史には、干《かん》ばつの大被害があったことが記述されている。良寛はその暑さに耐えきれず、次の書状を山田杜皐に送っている。

このかたは事の外あつさにまかりなり
与板はいかゞ候や
みなつき廿日
杜皐老　　　　すがた

この暑さは良寛の体をすっかり衰弱させたらしい。そして暑さに身の置きどころもないと歎いて、次の歌をうたっている。

いとゞしくおいにけらしもこのなつは　わが身ひとつのよせどころなき　　良寛

八月に入ると良寛の衰弱はだれの目にもわかるようになった。そして貞心尼と会う約束がはたせなかったことを残念がっている。

『蓮《はちす》の露』には次のように書かれている。

あきハかならずおのが庵りをとふべしとちぎり給ひしが　こゝちれいならねバしばしためらひてなど御せうそこ給ハりける中に　師
あきはぎのはなのさかりもすぎにけり　ちぎりしこともまだとげなくに

右の「御せうそこ」は、次の良寛の手紙から察せられる。

先日は眼病のりやうじがてらに与板へ参候　その上足たゆく腸《はら》いたみ　御草庵もとむらはずなり候　寺泊の方へ行かん（と脱）おもひ　地蔵堂中村氏に宿りいまにふせり　まだ寺泊へもゆかず候　ちぎりにたがひ候事　大目に御らふ《ママ》じたまはるべく候
秋はぎの花のさかりもすぎにけり　ちぎりしこともまだとげなくに
御状ハ地蔵堂中村二而被見致候
八月十八日　良寛

十月二日、引岡の小林一枝宅へのみちすがら次の歌をうたった。

夕暮のをかをすぎて

ゆふぐれのをかの松の木人ならば　むかしのことをとはましものを
秋の雨の日にひにふるに足曳の　山田のをぢはおくてかるらむ

十一月に入ると、良寛は激しい下痢に襲われ、戸を閉めて人に会わないようになった。次の手紙はそのときのようすを示している。

雪の中に人を被遣候とも近ごろは物書事すべて不出来候　筆ものこらずきれはて候
たとひ有ても手にとらず候　何処から参り候ともみな〳〵如此候　以上
霜月四日　良寛
このごろは甚《はなはだ》不快に候間　わざ〳〵（脱）人被遣候とも不書候　以上
十一月
かしわ崎　良寛

木村家と晩年

良寛が晩年に世話になった木村元右衛門の子の周蔵は、裕福な生活をしていたことから遊興にふけり、とうとう勘当されてしまった。そのため母親の実家である大矢六郎左衛門の家に転がり込んだという。やがて勘当が許されることになったが、それには良寛の口添えが大きかったと思われる。次の周蔵宛の書簡で、そのへんの事情をみることにしよう。

周蔵殿

此度貴様かんどうの事ニ付　あたりのものどもいろ〳〵わびいたし候へども　なか〳〵承知無之候　私も参りかゝり候故　とも〴〵にわびいたし候へバ　かんどうゆるすことに相なり候　早束御帰候而可然候　さて御帰被遊候て後ハ　ふつがうの事なきよふ《ママ》に御たしなみ可被成候　第一あさおき親の心にそむかぬ事し事も手の及ぶだけつとめて可被遊候　其外《そのほか》の事も御心づけ可被遊候　かさねていかよふ《ママ》な事でき候ともわびごとハかなはず候間　さよふ《ママ》におぼしめし可被成候

以上

四月十四日　　良寛

これには逸話がある。周蔵が許されて帰宅する朝、良寛は木村家に行ってなかからしっかりと表戸を押さえていた。これは父親の不興をかった者は表門から入るべきではないということを教えるためであったという。表門があかないので周蔵は裏門から入り、朝飯の膳にすわっていた。良寛は戸を押さえていたがいくら待っても周蔵がこないのでふと部屋を見ると、周蔵はすでに膳についていた。そこで良寛は大笑いをして庵に帰ったという。

この頃から良寛の老衰は進み、死期が遠くないことを感じていたのであろう。木村家のために良寛は歌を書いてあげた。

われながらうれしくもあるかみほとけの　ゐ《ママ》ますみくににゆくとおもへば
かくかくにものなおもひそみだぶつの　もとのちかひのあるにまかせて

八月に入るとやや病状が悪化した。そのようすは寺泊《てらどまり》の医師宗庵に宛てた手紙でわかる。

宗庵老
昨夜五時分丸薬を服候　夜中四たびうらへ参り候　初はしぶりて少々くだり　二三度ハさっさとくだり四度めハ又少々くだり候　腹いたみ口の中辛く酢く候　今朝ハみなよろしくなり候　今朝はふせり候へて参上不仕候　さようにおぼしめし可被下候　以上
八月十六日　良寛

宗庵は医師だったが、同じ医師の「全国良寛会」前副会長の藤井正宣氏によれば、病状からみて良寛の病気は「大腸がん」だったと考えられる、ということである。

十月に入ると病状は少し好転したようである。十一月二十七日には、左門宛に良寛は次のような手紙を送っている。

一両日は食事すゝみ口中うるおひを生じ候
霜廿七日　　　　　良寛

おそらくそれまでは下痢が続いて、口のなかが乾いて苦しかったらしい。弟の由之は、良寛を元気づけるために次の歌を送っている。

ふる雪は今はなふりそ春日さし　霞たなびく日はやゝちかし

その後病気は一進一退を繰り返し、ふたたび下痢に襲われた。貞心尼は、『蓮の露』のなかで次のように述べている。

そのゝちはとかく御こゝちさはやぎ給はず　冬になりてはたゞ御庵りにのみこもらせ給ひて人にたいめもむつかしとて　うちより戸さしかためてものし給へるよし人の語りければ　せうそ

こ奉るとて
　そのまゝになほたへしのべいまさらに　しばしのゆめをいとふなよきみ　貞
　と申つかはしければ其後給はりけること葉ハなくて
　あづさゆみはるになりなばくさのいほを　とくでゝ来ませあひたきものを　師

良寛はすぐにでも貞心尼に会いたかったのだが、雪の塩入峠を越えることは、前に由之が歌でうたったように男でもたいへんなので、とてもきてほしいと願うことはむりであった。そのために遠慮して、春になったらさっそく会いにきてくれと、素直な気持ちを手紙に託している。

塩入峠は西山丘陵に属し、わずか百メートルほどの高さだが、与板と和島の間に横たわる難所であった。塩入峠は別に塩法峠とも書く。そのむかし旧道のわきに塩分を含んだ水が出て、簡単な井戸枠があった。それが塩入峠の名の由来だという。太古では日本海が和島、与板附近まで入り込んでいたのであろう。文化末年頃、与板藩主井伊直輝《なおてる》の命によって改修工事が行われ、通行がずいぶんとらくになった。良寛は喜んで歌をうたったが、昭和二十五年十月八日、良寛の百二十回忌を記念して歌碑が建てられた。

良寛の病状は急に悪化したらしい。そしてふたたび下痢の苦しみに襲われた。次の歌は良寛が苦しみながら夜を明かしたようすをうたった歌である。

このよらの　いつかあけなむ
このよらの　あけはなればな
をみなきて　ばりをあらはむ
こひまろび　あかしかねけり
ながきこのよを……

この歌の「こひまろび」からは、七転八倒の苦しみを味わったようすがうかがえる。

枯れ落葉

十二月二十五日、良寛危篤の知らせが弟由之のもとに届いた。由之は取るものも取りあえず、雪の塩入峠を苦しみながら駆けつけた。冬の塩入峠の難渋は、由之が歌で「神しうらめし」と言ったとおりである。由之の『八重菊日記』には次のように書かれている。

禅師のきみ　久しく痢病をわづらひ給ひて　今は頼すくなしと聞おどろきまゐらせて　しはすのはつかあまりいつかの日　塩ねり坂の雪を凌ぎてまうでしを　いといたうよろこび給ひて　此

雪にはいかでとの給ひしかば
さす竹の君を思ふと海人のくむ　汐ねり坂の雪ふみてきつ

同じ二十五日頃、貞心尼のもとにも良寛危篤の知らせが飛び込んできた。貞心尼もあわてて自分を見失いながらも、塩入峠を苦労して越えて島崎に駆けつけた。
『蓮《はちす》の露』には次のように記してある。

かくてしはすのすゑつかた俄におもらせ給ふよし人のもとよりしらせたりけれバ　打おどろきていそぎまうで見奉るに　さのみなやましき御気しきニもあらず床のうへに座しゐたまへるがおのが来りしをうれしとやおもほしけむ

良寛は嬉しそうに次のようにつぶやいた。

いつ〳〵とまちにしひとはきたりけり　いまはあひ見てなにかおもはむ

人一人として通らない吹雪の塩入峠は、雪に埋もれて道はなかった。雪のなかを泳ぐように両手で漕ぎ、雪崩《なだれ》で谷に落ちそうになったり、ときどき杉の枝からばさりと落ちる雪を全身に浴びながら、雪だるまのような姿で雪のなかを這いづりまわってようやく島崎に到着した。木村家に着いた頃には全身が汗でびっしょりと濡れ、体温で体の湯気が全身から立ちのぼっていた。良寛は貞心尼がきっときてくれるだろうと信じながらも、この雪のなかではと不安だった。

むさし野のくさばのつゆのながらひて　ながらひはつるみにしあらねば　良寛

『蓮の露』にはさらに続いて次のように記されている。

かゝれバひるよる御かたはらに有て御ありさま見奉りぬるに　たゞ日にそへてよはりによはりゆき給ひぬれば　いかにせんとてもかくても遠からずかくれさせ給ふらめと思ふにいとかなしくて

いきしにのさかひはなれてすむみにも　さらぬわかれのあるぞかなしき　貞心

御かへし

うらを見せおもてを見せてちるもみぢ　良寛

こは御ミづからのにはあらねど　時にとりあひのたまふいと〴〵たふとし

貞心尼の見舞いによって良寛はもう思い残すことは何もなかった。苦しいなかでも良寛はふとんの上に端座して、最後の力をふりしぼって返歌までしたのだった。良寛や貞心の顔はもとより、同席した弟由之や遍澄の顔にも熱い涙があふれでた。その後、貞心尼の献身的な看護にもかかわらず、良寛の体は日ごとにおとろえてゆくのが手にとるようにわかった。良寛はすでにかなり衰弱していて、自ら句作する元気もなくなり、他人の発句を自然に述べている。

七十余年の人生において、良寛は恥ずべきものは何もなかった。枯れ切った肉体は、枯れ落ち葉のように良寛がもっとも愛した自然のなかに戻っていこうとしていた。多くの人々の愛と尊敬を受けながら、慈愛の精神をあますところなく人々に施し、今真紅に燃えて静かに西の嶺に没しようとしている。良寛の辞世についてある人がたずねたら、「散るさくらのこるさくらも散るさくら」といったとか、また良寛は死に直面して「死にとうない、といふたとしてくれ」といったとか、いろいろと話におひれがついて伝わったようだ。これらの話は民衆とともに生きた良寛を別格視することなく、平凡な一人の人間として取り扱いたかった人から発せられた言葉であろう。

ＮＨＫの「乳の虎」のドラマでは、下がっていく良寛の体温を取り戻すために、貞心尼が添寝《そいね》をして良寛の体を温めてあげている場景を映し出していた。

良寛には辞世の句などなかったように思われる。良寛はそのような形式的なことを嫌っていたのではないだろうか。

良寛の臨終に立ち合ったといわれる証聴が、良寛の死後まもなく書いたという『良寛禅師碑銘並序』には、「咸《みな》遺誡を乞ふ　師即ち口を開きて阿一声するのみ　端然として坐化す」とあるが、これが事実に近いものと考えられる。阿とはもののはじめ、つまり根本に立ち帰るということで、証聴の言によれば、仏家の作法どおりに、良寛はすわったまま成仏したのであろう。

死に水をとったといわれる貞心尼は、『浄業余事』のなかに「師病中さのみ御なやみもなく　ねむるがごとく座化し玉ひ」と記しているから、すわったまま亡くなったことはほぼ間違いないと思われる。また、死去する前日、良寛は次の書をかいて知人におくったという。

かたみとて何かのこさむ春は花　山ほととぎす秋はもみぢば

川端康成はこの歌をノーベル賞受賞時の講演で引用して、良寛を称えたという。

それにしても良寛は最愛の貞心尼にみとられ、死に水をとってもらって極楽浄土に行けるなんて、最高に幸せであったろう。天保二年（一八三一）一月六日（陽暦二月十八日）申《さる》の刻というから、午後四時か五時頃、入相《いりあい》の鐘の音とともに成仏したという。

葬儀は一月八日（陽暦の二月二十日）に行われた。良寛の魂を清めるかのように前日の夕方から雪が降り、白一色の風景のなかで人々は道つけに追われたという。良寛は清い白銀の大地に静かに消え去っていった。

良寛追想

『天保二年辛卯正月六日　良寛上人御遷化諸事留帳』によれば、当日の会葬者は二百六十五人、香典金額二両二分三朱、銭四貫九百七十文とある。その後の会葬者を入れると二百九十五人に達したという。葬儀の導師は与板徳昌寺の大機和尚に一両、ほか十五寺十八人の僧にそれぞれ御布施を包んだ。

木村家では一食に一石六斗の米を炊いたというが、一人二合としても八百人分に当たる。これからみても、いかに葬儀が盛大であったかがわかる。葬送の列の先頭が火葬場に着いても、棺はまだ木村家を出なかったという。

やがて良寛の戒名が決まったが、徳昌寺の過去帳には「天保二辛卯正月六日　大愚良寛首座　産ハ出雲崎橘屋只今橘左門伯父ナリ　死去島崎能登屋元右衛門宅」と記されている。墓碑は木村家の隣の浄土真宗隆泉寺境内の木村家墓地に建てられている。天保四年（一八三三）三月に完成し、同四日に三周忌追善供養を行った。墓は二段の台石の上に建っており、基石の中央には「良寛禅師墓」と書かれ、右側に鈴木文台が選んだ良寛詩「僧伽《そうぎゃ》」が、左側には由之が選んだ「やまたづの」の旋頭歌が刻まれている。

良寛に死なれて心の支えを失った貞心尼は閻魔堂に帰ったが、しばらくは放心状態だった。そのうちに気を取り直して、敬慕する良寛との相聞歌をぜひとも残したいと考えるようになり、そこに貞心尼は生きがいを求めたのである。

貞心尼はまず良寛の面影を絵に残すことからはじめた。小出町の松原雪堂のところに行き、良寛の風貌を詳しく説明し、できるだけ真実の顔に似るように何回か描き直してもらい、天保五年（一八三四）に良寛絵像は完成した。

その間にも貞心尼は良寛が歩き回った旧家の跡をたずね、歌集にまとめるために東奔西走したのである。その一例として、良寛の足跡をたずねて栃尾の富川家を訪れたときにうたった歌から、貞心尼の努力をしのぶことができる。

来て見れば心もすめり山水の　ながれも清き川づらの宿
軒ちかく流るゝ水を友として　こゝろをすますやどぞしづけき

貞心尼は各地をたずねて歌の構想をまとめて『蓮の露』を編さんしたが、その序文の終わりに自ら次のように記している。

こは師のおほんかたみと傍におき、朝夕にとり見つゝ、こしかたしのぶよすがにもとてなむ

このことからもわかるように、もともとは自らの追憶の糧《かて》として記し、集めたものであった。良

寛とよみかわした相聞歌の反芻《はんすう》と歌集編さんの構想は、おそらく福島時代から頭のなかに描かれていたのであろう。

天保九年（一八三八）、貞心尼は長岡の麻問屋広井伝左衛門の娘を弟子とし、孝順尼《こうじゅんに》と名づけた。かつて柏崎の閻王寺《えんおうじ》で世話になった眠龍は天保九年（一八三八）に、心龍は天保十一年（一八四〇）にそれぞれ死去した。

良寛が亡くなってしまえば、島崎に近かった閻魔堂にも未練はないので柏崎に定住することにした。柏崎なら優れた歌人たちと接触できるからである。天保十二年（一八四一）、貞心尼は洞雲寺の泰禅和尚の得度を受け、柏崎の荼毗《だび》小路にあった釈迦堂の庵主となった。

柏崎では、薬問屋を営んでいたがその後家業のほうは息子にまかせ、風流人として悠々自適の生活をしていた山田静里《せいり》など、歌よみグループの庇護を受けることになった。山田静里は歌人仲間の中心人物で、グループのリーダーであった。

貞心尼が柏崎に去ったのちの嘉永三年（一八五〇）、若い番僧の留守中に閻魔堂が火災にあったことは前に述べたが、さいわいにも閻魔像は表面が焦げるにとどまったので修復して真福寺に保管してもらっていたが、平成七年の閻魔堂再建によって本来の安住の場所に落ち着いた。それにしても閻魔堂が焼失したり、柏崎大火で釈迦堂が燃えたり（後述）と、貞心尼は不思議と火事に因縁が深く、その運命の悪戯《いたずら》にただ驚くほかはない。

平成八年八月四日、『男はつらいよ』シリーズの「フーテンの寅さん」こと渥美清（本名田所康雄）さんを悼む会が鎌倉の松竹大船撮影所でとりおこなわれたが、関係者およびファン約五千人が長蛇の列をなしたことをテレビで見て、ふと良寛の葬儀を思い出した。行脚《あんぎゃ》で各地をまわった良寛、放浪の旅でときどきしか家に戻らなかった寅さん。子どもから老人まであらゆる階層の人々から慕われた良寛と寅さん。どちらも実に似ていると思われた。

嘉永四年（一八五一）、貞心尼は孝順尼をともなって焼失後の閻魔堂を訪ねるとともに真福寺や近隣を火事見舞いし、さらに実家の墓参をして柏崎に帰る途中、久しくご無沙汰していた河内（現深沢町）の大庄屋高頭仁兵衛宅を訪れ、むかしの知人と交友を温めるために高頭家に泊めてもらった。その夜中のことである。南の空が真っ赤に染まっていたので高頭家の下男が忙しそうに道を通る人に聞いたところ、柏崎の四谷附近から出火してかなりの家々が焼失したということであった。四谷附近からの出火ならおそらく自分の庵《いおり》も焼けたであろうと急いで柏崎に帰った。貞心尼は庵の焼け跡を茫然と眺めながら、「来て見ればしらぬ野はらとやけはてゝ　立よるかげもなきぞかなしき」とうたい、歌集『焼野の一草』をまとめた。

安政六年（一八五九）には長岡の東新町の高野治郎兵衛の娘（八歳）を弟子にして智譲尼《ちじょうに》と名づけた。その年にはいろいろと面倒をかけ、世話になった泰禅和尚が六十四歳で亡くなった。また、文久二年（一八六二）にはあれほど頼りにしていた山田静里も亡くなった。貞心尼は人の命のはかなさをしみじみと感じた。かつて山田静里は柏崎の文化人や歌人に呼びかけて、不求庵を貞心尼に提供してくれたのである。

貞心尼はひまをみてまとめておいた『もしほ草』を、極楽寺の静誉上人におくった。

前橋の龍海院の蔵雲和尚はかねてから良寛に心服しており、良寛の遺稿集をぜひまとめたいとしばしば貞心尼のところを訪れたり、書簡を往復して打ち合わせを行っていた。その本の序文を当代随一の漢学者鈴木文台にお願いしようと貞心尼に相談したところ、あんな俗物の序文などなきに等しいと反対し、男勝《まさ》りの気の強いところをみせている。本はまとめられ、慶応三年（一八六七）、最初の木版刷りの出版物として『良寛道人遺稿』が、江戸芝の尚古堂から出版された。

あふぎつつ見む人しのべうどんげの
花にもまさることの葉ぞこれ

前橋市にある龍海院

貞心尼も次第に年をとっていったが、だれもがそうであるように寄る年波には抗する術《すべ》もなかった。そして悟りの境地で達観した心境をうたっている。

あとは人さきはほとけにまかせおく　おのが心のうちは極楽

明治五年（一八七二）二月十一日、貞心尼は不求庵で亡くなった。七十五歳であった。辞世の歌を次のようによんでいる。

くるに似てかへるに似たりおきつ波　たちゐは風の吹くにまかせて

遺言は、多くの野良犬を集めて豆腐のオカラを思う存分に食べさせてあげてくれというものであった。墓は柏崎市洞雲寺の裏山にある。表面中央に「孝室貞心比丘尼墳」、右側には前記辞世の歌、左に「乾堂孝順比丘尼」、「謙外智譲比丘尼」と並べて刻んである。

貞心尼のことをもっとよく知るために、私は柏崎市の極楽寺を訪れた。日ごろ病気がちの住職もその日は体調がよかったようで、心よく資料を拝見することができた。

『もしほ草』は表紙に『裳し本くさ』と書かれているが、すでに字がかすれた小冊子である。本の末尾には次のように記されていた。

かきおくもはかなきいそのもしほくさ　見つゝしのばむ人もなき世に　　貞心尼

内容も貞心尼が良寛に接した頃のようなきびきびとした歌は少なく、何となく老いの寂しさを感じさせる。一例をあげてみよう。

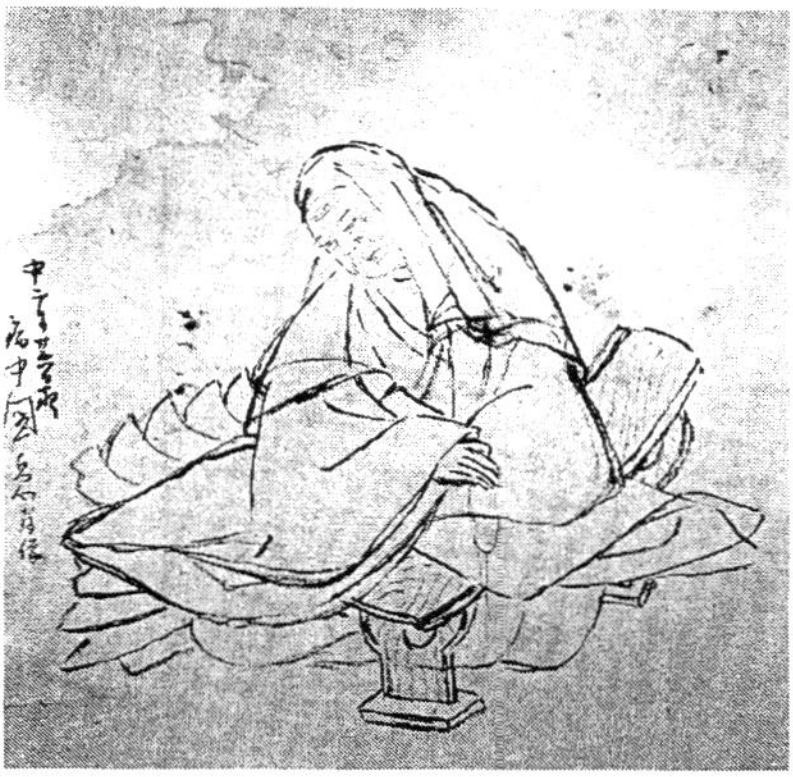

「最晩年の貞心尼」静誉上人画

やよひ末いでてふる里長岡の宿をとひけるに花もはや
大かたちりたりければ

きて見れば雪かとばかりふる里の
　庭のさくらはちりすぎにけり

もう一つの資料に、極楽寺第二十八世住職静誉上人（英舜上人ともいう）が描いた貞心尼最晩年に筆写された画像がある。静誉上人も歌会によく出席し貞心尼と同席している。上欄には昭阿上人が書いた貞心尼の辞世の「くるに似て……」の歌が書かれており、日付からみると死去前日のものである。下欄は静誉上人が描いた肖像画で、絵のわきに「病中貞心尼の肖像」とあり、さすがに老齢でしかも病気中のため気品のある顔立ちながら、往年の容色の衰えは隠し得なかったようである。

ほかにも墨痕が鮮やかな屏風があった。

寒月中半のころ山に宿り月を見て
春のみと人はいえども来てみれば　秋もよしのの山のはの月
不求庵七十歳　貞心尼

貞心尼の歌集には、『蓮《はちす》の露』、『もしほ草』、『焼野の一草』の三集がある。

この『蓮の露』こそ、良寛を天下に紹介した貴重な歌集である。今や良寛は世界の良寛になりつつある。すなわち、アメリカではジョン・スティーブンス、イギリスのフランシス・リヴァセイ、ドイツの花子・ルート・フィッシャー、イタリアのルイジ・ソレッタ、フランスのギ・ビュゴー、クレール・フォンテーヌ、ベルギーのジャック・シェウエル、マンフレッド・ピータースら多くの人々が、英語や母国語で良寛を紹介しており、良寛も国際的になってきている。

VII 庇護者たち

心の通じ合った庄屋たち

良寛の人間形成の面からみて、庇護者の助力は実に大きかった。清貧に生きた良寛にとって、庇護者は経済的にも、学問の向上のためにも、心の支えとしても大きな存在であった。飲食がなくなれば恵んでもらったり、酒を山田家に所望したり、寒くなれば綿入れをねだったり、万葉集やその他の古典を借りたり、良寛は多くの庇護者から親切に接してもらった。

心友鵲斎《じゃくさい》

故郷越後に帰った良寛にとって、むかしの知人の多くは亡くなったり消息が不明だったりと、まことに寂しい限りであった。さいわい子陽塾の同門でいっしょに学んだ原田鵲斎が健在だった。鵲斎は寺泊《てらどまり》町真木山《まきやま》で医師として開業していた。鵲斎はなかなかの文化人で、交友も実に広く、五《ご》合庵《ごうあん》を良寛に紹介したのは鵲斎ではないかといわれている。

原田家は代々庄屋の家柄で、鵲斎は原田仁左衛門の三男として生まれ、江戸に出て医術を勉強し、天明四年（一七八四）、二十三歳のときに分家した。その後文化十四年（一八一七）には一家で分水町の中島に移り住んで医業をはじめた。鵲斎は詩歌や俳句や書画をよくし、この地方の知識人、文化人であった。晩年には加茂に移り、文政十年（一八二七）二月十六日、六十五歳で死去した。鵲斎は良寛よりも五歳年下であったが、年齢をこえて親密な交際が続いた。

良寛はもともと曹洞宗《そうとう》の僧である。国上寺《こくじょうじ》は真言宗だったために、とても五合庵の居住など良寛には考えられなかったが、良寛の心情を熟知していた鵲斎がときどき出入りしていた国上寺に交渉してくれたために、良寛が五合庵に住むことが可能になったのであろう。五合庵は真言宗国上寺の中興の祖といわれる萬元和尚の隠居所であった。萬元和尚は、一日に米五合あれば生活にこと欠かなかったことから、五合庵と名づけられたのであろう。

鵲斎の遺稿のなかに、「尋良寛上人」と題する詩がある。

苔径傍渓水　来尋丘岳陰
雲深燈火影　鳥和木魚音
数聴無常偈　難灰一片心
不嫌驚跌坐　重問古禅林

この詩に「来尋丘岳陰」とあるが、ここでいう山かげの庵とは五合庵のことであろう。良寛は五合庵に入る前に郷本《ごうもと》の塩焼き小屋に入ったといわれているが、とりあえず中山の西照坊に入ったという説もある。この中山の西照坊は、中山の南波家の妙喜尼が安永二年（一七七三）に創建したといわれている。良寛の実家である橘屋と南波家は、深い旧知の間柄だった。良寛は越後に入っても、おそらく人目をはばかりながらかくれ住むところを探していたのであろうか。

原田鵲斎は良寛が酒好きなことを知っていたから、酒一升さげて五合庵をたずねた。ところが酒を入れる盃がない。良寛は「ちょっと待ってくれ」と行って外に飛び出したが、しばらくすると竹林に捨てられてあった欠けた木椀を持ってきて、交互に酒をつぎながらもてなしたという。

題同法師破木椀
何処得此器　云拾竹林来
非是寒拾物　可必陶林盃　　鵲斎

鹿をきゝて良寛法師をおもひ出て
よもすがら鹿は啼なり足曳の　み山に君がひとりかぬらん
ものおもひいもねられぬにさを鹿の　おのれ妻こひよもすがらなく

鵲斎の住む平場の真木山まで鹿の鳴く声が聞こえるぐらいだから、山の草庵にいる良寛にとっては、どんなにか寂しく悲しく聞こえたことであろう。

原田家には良寛がときどきたずねて茶をたしなんだ、当時の茶室が今でも残っている。この茶室は庭の一隅にひっそりとたたずんでいるが、これは文政年間に鵲斎の長男原田正貞が、牧ヶ花の解《け》良《ら》家から譲り受けて移築したものだという。そして原田正貞が亭主となり、良寛をはじめ多くの文《ぶん》人墨客《じんぼっかく》を招いて茶会を催したと思われる。

解良栄重《よししげ》筆録の『良寛禅師奇話』には、次のようなおもしろい逸話がのっている。

師曾《かつ》テ、茶ノ湯ノ席ニ列《つらな》ルコトアリ。所謂《いわゆる》濃茶《こいちゃ》也。師呑《のみ》ホシテ見レバ、次客席ニアリ。口中含所ヲ碗ニ吐テ与フ。其人、念仏ヲ唱《となえ》テ呑シト語ラレキ。

良寛は濃茶の席で、うっかりと濃茶を全部口にふくんでしまって茶碗には茶が残っていない。横目で見ていた次客が困った顔をしているのに良寛が気づいて、口の中の唾まじりの茶を吐き出して次客にまわした。次客は風流は我慢なりとナムアミダブツの念仏を唱えて飲み込んだ。おかげで座はしらけないですんだが、良寛は冷汗ものだったと後に栄重に語って聞かせたらしい。

同キ席ニヤ、鼻クソヲ取テ、ヒソカニ坐右ニオカントス。右客袖ヲヒク。左ニオカントス。左客又袖ヲヒク。師止ムコトヲ得ズ、是ヲ鼻中ニ置シト云フ。

同じ席のことだろうか。良寛は鼻くそをまるめてこっそりと自分の座の右側に置こうとした。それを見た右客はあわてて良寛の袖をつついて注意をうながしたので、座の左側に置こうとしたら左側の客も袖をつついて迷惑顔をした。しかたがないのでもう一度自分の鼻の穴に戻してしまったという。良寛は名主の家に生まれているので、茶の作法を知らなかったわけではない。おそらく何か考えごとをしていたのだろう。

解良家　良寛は牧ヶ花の大庄屋解良家とは深い交際を続けており、解良家では良寛に対して物心両面にわたって世話をしていたことがわかる。解良家のなかでも十代解良叔問《けらしゆくもん》との親交がもっとも深かった。叔問の父九代新八郎は文政四年（一八二一）三月五日、八十五歳で死去しているが、生前のこと良寛は新八郎宛に餅を受け取った礼状を出している。叔問が亡くなったのは文政二年（一八一九）八月二十四日であるが、叔問死後も解良家では歳暮の品をずっと送り続けている。叔問亡き後の十一代孫右衛門は、文政十一年（一八二八）五月四日、三十一歳の若さで死去し、その後を弟の十二代熊之助がついだ。その熊之助も兄と同様に若隠居したらしく、その弟の十三代栄重が後をついでいる。熊之助は安政四年（一八五七）六月八日、五十三歳で死去した。解良家では代々良寛の世話をしている。

解良栄重については『良寛禅師奇話』で知られているが、逸話の部分でもかなり触れてきた。

良寛は解良義平太に『杜甫《とほ》全集』を借りる約束したが、いっこうに届かないので催促の書簡を出している。孫右衛門は一時出奔したが、七月に迎えの者に連れられて江戸から帰ってきた。良寛としては珍しく訓戒の書簡を出している。全文は長いので後段だけを記すことにする。

…如何御年少なれバとてすこしハ御推察可被遊候　野僧も貴公のために心肝をくだきいろ〳〵思慮をめぐらし候得ども　更ニ外のてだて御坐無候　たゞ〳〵御帰国の趣一決可被遊候　以上

五月十二日　　良寛

あまり説教めいたことをいわない良寛としては、珍しく心情を吐露し、誠実な気持ちで訴えている。孫右衛門はその後良寛の訓戒が身にしみたのか不行跡をあらためたが、文政四年（一八二一）には若隠居をしてしまった。

解良家の場合にもいくつかの良寛逸話が残っている。もっとも有名なのが「心月輪《しんがちりん》」と書かれた鍋蓋で、今でも解良家に保存されている。

良寛が同家に泊まったときに、同家で桶屋が鍋蓋をつくっているのに心動かされて筆をとって書いたのだとか、同家の下男が鍋蓋を割ろうとしているのを見て蓋に哀れみを覚えて字を書いたのだとか、いろいろな説があるが、蓋には取っ手をつける溝がなく、新しい蓋に裂け目ができたので捨

「心月輪鍋蓋」
解良家所蔵

てるのはもったいないので字を書いたというのが真相だろう。「心月輪」は「しんがちりん」または「しんがつりん」といい、真言密教の観法のひとつで「月輪観《がちりんかん》」ともいう。

良寛は同家に四、五日も泊まることがあった。良寛は囲炉裏《いろり》を囲んで同家の子女たちによく話を聞かせていた。とりたてて教育めいた話などはしなかったらしいが、良寛がいるあいだは家中がなごやかになり、良寛が帰った後も数日間は穏やかな雰囲気に包まれていたという。ときには台所で火を焚《た》いたり座敷で座禅を組んだりしたが、経文を読んだり道徳的な話などをすることはなく、謙虚な人柄が明るい雰囲気をかもしだしていたのであろう。

解良家で結婚式があった。そのとき良寛は古い扇子箱を持ってきて、祝いのことばを上手に述べた。日頃形式にはこだわらず、何ごとにも無頓着な良寛にしては不思議なことだと思ってある人が「そんなことだれが教えてくれたのか」と聞くと、「地蔵堂の北川《ほくせん》の妻が教えてくれたものだ」と答えたという。おそらく良寛が北川医師の家を訪ねたときに解良家の結婚式に招かれたことを話したのであろう。そこで北川の妻が世のしきたりを良寛に教えたに違いない。

解良家で百年忌の法要があった。死去後年数がかなりたっているので、菩提寺の和尚と次の座の良寛は精進料理で、他の同席者の膳には魚や鳥肉の料理がついた。良寛は精進料理ではないほうを望んだという。しかも良寛は豆腐が大好物だった。次の歌はそのときによまれたのであろう。


がんかもはわれを見捨てて去りにけり　豆腐に羽根のなきぞうれしき

良寛が牧ヶ花を托鉢《たくはつ》していたときある人が「ここは半兵衛の家だがね」というと、良寛はおそれたように抜き足差し足でその場をのがれた。少し行くとまただれかが同じことをいったので良寛はそっとその場を立ち去った。これは半兵衛という男が酒に酔って良寛に乱暴したらしく、そのために半兵衛をひどくおそれていた。しかし良寛が心から半兵衛をおそれていたわけではなく、人々がからかうのに同調しないと、せっかくおもしろがっているのをこわしてしまうからであった。

栄重が幼い頃に三条の宝塔院でしばらく書を学んでいた。そこに良寛がきて泊まったので、栄重は「私のために菅公の像を書いてください。書かないとここに持ってきた『はりころばし』にばけて、夜ごとあなたのところに行きますよ」といったので、良寛は菅公の尊号と神詠を書いてあげた。

遺墨には水原の三角だるまのような絵に賛をしたものである。解良家からは米、酒、餠、菜、香、燭、たばこなどがときどき良寛におくられている。

阿部家

五号庵をもっとも頻繁におとずれたのは渡部の庄屋の七代阿部定珍《さだよし》であろう。渡部は五合庵にかなり近い位置にあった。国上山《くがみやま》の西登山口も渡部地内に属していたので、五合庵に行くにはいちばん好都合のところであった。

定珍は通称酒造右衛門《みきえもん》といい、家を嵐窓《らんそう》または月華亭と呼んでいた。庄屋であるとともに酒造業でもあったので、尊敬する良寛のために酒を九回、餅を三回、その他合計三十数回にわたって食糧や品物をおくっている。良寛への贈品は渡部の阿部家と牧ヶ花の解良家が群を抜いている。また定珍と良寛の贈答歌は大変多く、それだけ定珍が和歌、詩文をよく好んでいたことがわかる。前に贈答歌をあげたが他の一部を紹介しよう。

よもすがらくさのいほりにしばたいて　かたりしことをいつかわすれむ　わがわすれめや
良寛

たにのこゑみねのあらしをいとはずば　かさねてたどれすぎのかげみち
定珍

やまかげのこのしたいほにやどかりて　かたりはてねばよぞふけにける
定珍

けふわかれあすはあふみとおもへども　はかりがたきはいのちなりけり
良寛

なみなみのわがみならねばすべをなみ　たまさかにこしきみをかへせし　良寛
あしびきの山路たどれバおち葉して　錦がうへをわれハきにけり　定珍
すへものにさけをたづさへあしびきの　やまのおほねをしにこしわが　定珍

このほかにも数多くの贈答歌がある。酒の歌からすると二人はよき飲み仲間であったことがわかる。定珍はよく自家の酒を持って良寛を慰めている。それに対して良寛は、定珍のため大根を掘ってもてなしている。定珍は一人で庵を訪れるだけでなく、原田正貞や地蔵堂の大庄屋富取正誠などを伴って五合庵を訪れている。大村光枝や亀田鵬斎《ぼうさい》とも定珍は以前から深い交流を続けていたので、これらの文人墨客を数多く良寛に紹介している。

定珍は良寛より二十二歳ほど若かったので、定珍にとって良寛は兄のような存在で、良寛を心から尊敬していた。

良寛は清貧の生活だったから、当時としては高価な図書など蔵書できるわけはなかった。そこで良寛は『古事記』や『万葉集』、『古訓抄《こくんしょう》』、王羲之《おうぎし》の石拓など多くの本を借りている。良寛の学識を考えるとき、本を貸した庇護者の存在を忘れることはできないだろう。

次にあげたのは、定珍老にあてた臘月《ろうげつ》（十二月）二日の本借用の手紙である。

いはがねをしたゝるみづをいのちにてことしのふゆもしのぎつるかも

今日は万葉御拝借　辱奉存候　其後又見しまひ候ハヾ　此次を御借可被下候　早々　以上

臘月二日　良寛

定珍老

この手紙はおそらく良寛が五十八歳頃のものであろう。老いても万葉集を借用するというその知識欲の旺盛さ、万葉集への執着には驚くべきものがある。

阿部定珍は良寛から『仙覚本万葉集』に朱墨でふりがなをつけてもらっている。この朱墨書きは、与板の九代三輪権平から借用した『万葉略解』を参考にしたものと考えられる。良寛は定珍から万葉の歌の読み方についてたずねられたらしく、すでに万葉集の一、二、三、四、五巻が良寛の手もとに届いていた。良寛は正しく解読するためには少々自信がなかったのか、三輪権平の所蔵する『万葉略解』がぜひ見たかったのである。『万葉略解』を権平が所蔵していることは、良寛がとくに親密だった五代の三男三輪左市、その姪《めい》の六代の娘維馨尼《いきょう》から知り、維馨尼を通じて依頼したほうがよいと、維馨尼宛と権平宛にそれぞれ書簡を出している。ところが十日付で出した書簡に対して何の連絡もないため十六日に手紙を出し、さらに返事がないので二十二日にも催促の手紙を出している。一方で良寛は、定珍からも権平宛に手紙を出して催促してくれと頼んでいる。

良寛は自分自身が万葉の勉強をするためにものどから手が出るほど『万葉略解』が借りたかったのである。この状況からも良寛の万葉に対する意気込みと執念のほどがわかる。その後まもなく、『万葉略解』の一部が良寛の手もとに届いたらしい。

そして、十月二十九日付で定珍宛に、「万葉書了候間大坂屋（三輪家）へ御返し可被下候　此次の巻を借度候　それハ此中の状に委細申越候　何卒明日にも人遣度被下候」とある。また権平宛には、「先比ハ万葉拝借被下辱奉存候　此度五より十一まで御返済仕候　何卒残を皆ながら御恩借度被下候　十一月の月末には御返し可仕候　もし新潟へ参候万葉いまだ不帰候ハゞ御取よせたまはるべく候　又の便りに御借度被下候　ひとへに頼上奉候」とあり、新潟の歌人玉木勝良に貸したものを取り戻して自分に貸してくれというのであるから、かなりずうずうしい願いをしており、その熱意のほどがしのばれる。

十一月に権平宛に出した書簡には、「一二の巻　新潟より御取よせ被遊て御拝借希候」とあり、新潟にある一、二巻を忘れずに取り戻すことをしつこく催促している。

良寛の和歌は、五合庵時代はどちらかというと古今調が多かったが、『万葉略解』を見てから万葉に大きく傾き、万葉に心酔していたようすがわかる。その時期は、万葉を筆写した乙子《おとご》神社脇の草庵以降と考えられる。

良寛が万葉に魅せられたためか、万葉の模倣かと思われる歌もある。その例をあげてみよう。

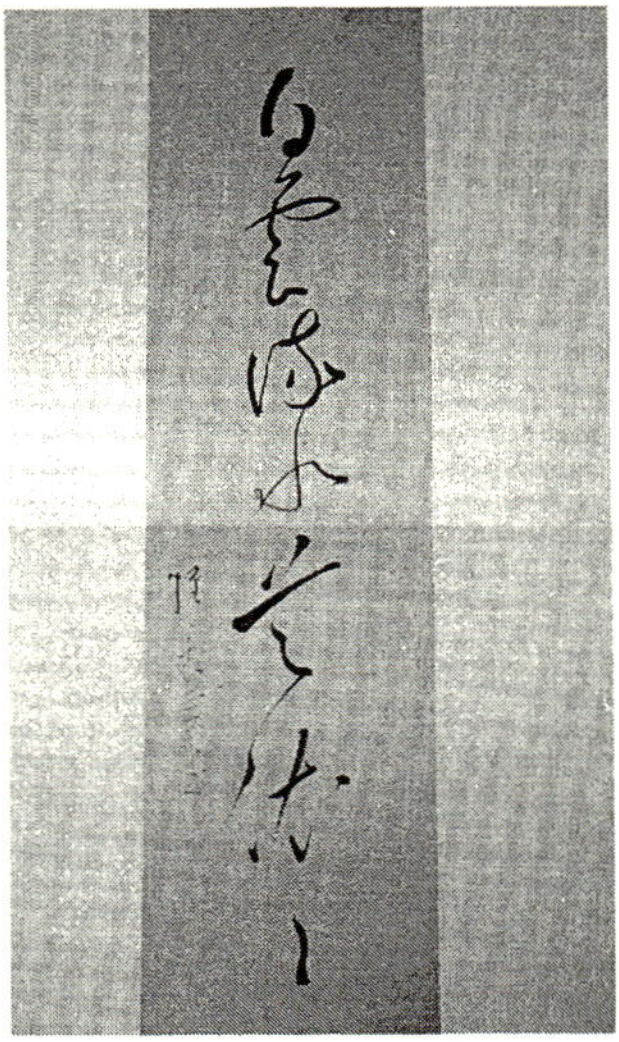

良寛書「白雲流水」阿部家所蔵

万葉集　秋萩の枝もとををに置く露の
　　　　消かも死なまし恋ひつつあらずは

良寛　　秋萩の枝もとををにおく露を
　　　　消たずにあれや見ん人のため

私もかつて、阿部家で朱墨書き込みの『仙覚本万葉集』を見せていただいたが、じつに細かく、きちょうめんに書かれており、良寛が夜を徹して情熱を傾けて書き込んだようすがしのばれた。

阿部家には現在もなお、「白雲流水共依々」などの、重要文化財に指定されている良寛の遺墨が数多く残っている。

三輪家

与板の三輪家は信濃川を利用して回船問屋を営み、越後屈指の富豪であった。なにしろ三輪家は、長岡藩主ほか他藩にも殿さま貸しをするほどであったから、その財力は強大なものだった。長岡との関係も深く、長岡市神田一丁目の安善寺には、三つ輪石鹸のマークと同じ三つ輪の紋章の入った仏具など多くを寄進している。

また、与板とは別に墓もある。明治以降になると表町に与板屋と称する衣料・雑貨販売の分店を出していた。与板の徳昌寺の裏地には三輪家の墓所がある。

三輪家は代々文化面でも優れ、茶道もたしなみ、裏山に豪商三輪家の格式を示す別邸「楽山苑」があり、その茶室で茶仲間と風流を楽しんだ。その庭の一隅には、良寛が江戸で托鉢して募金に奔走している維馨尼を見舞い、かつ励まし慰めておくった「天寒自愛」の詩碑が建てられている。

良寛は三輪家の九代権平およびその叔母維馨尼と親しかったが、とくに維馨尼の叔父にあたる三輪左市とは格別に親交が深かった。良寛を信頼し、宗教的な面を含めてもっともよく理解してくれたのは左市である。左市は三輪家六代多仲長高の末弟で、良寛と同じく子陽塾の門下生と思われるが、そうしたことからも二人は肝胆相照らす仲だった。文化四年（一八〇七）五月一日に三輪左市は死去した。良寛は親友の死を悲しんで次の歌をうたっている。

左一がみまかりし頃
この里に行き来の人はさはにあれども　さす竹の君しまさねばさびしかりけり

また、左市の死に良寛は慟哭《どうこく》の詩を寄せている。

聞左一順世　　　左一の順世を聞く

微雨空濛芒種節
故人捨我何処行
不堪寂寥則尋去
万朶青山杜鵑鳴

微《び》雨《う》空濛《くうもう》たり芒種《ぼうしゅ》の節、
故人我を捨てて何処《いずこ》に行ける。
寂寥《せきりよう》に堪《た》へず則《すなわ》ち尋ね去れば、
万朶《ばんだ》の青山杜鵑《とけん》鳴く。

五月雨《さみだれ》の煙る芒種（五月一日頃）の季節に、左一の死亡通知が良寛のもとに届いた。良寛は左市の面影をしのんで庵から外に飛び出した。全山が青葉でかすむなか、まるで左市の魂であるかのように「ほととぎす」が鳴いている。ものわびしく叫ぶ鳥の声に、良寛は悲しみと嘆きをいちだんと深めるのだった。

左市は病にふしてから、親しかった良寛の来訪を望む漢詩の書簡を良寛尊者宛に送っている。左市の死因は結核だったと考えられる。良寛の詩に「吁呼一居士　参我二十年」とあり、おそらく二十年近くの長い付き合いだった。その交流のなかでは仏教面での応接の密度がもっとも深かったようである。左市には豪放な一面もあった。若い頃に米を大坂方面に運んでいたが、薩摩藩の役人と市中で会って互いに武勇談に花を咲かせているうちに、薩摩の男は自分の耳たぶを切ってみせた。それを見た左市は少しも驚かず、笑いながら自分の指を切って差し出した。さすがにその男は左市の胆力に驚いて声も出なかったという。

良寛と三輪家との間には逸話がある。円山応挙《まるやまおうきょ》が越後に来たときに描いてもらった仔犬の絵が表装され、床の間に掲げられた。たまたま良寛は三輪家に宿泊していたが、その絵を見ているうちにきゅうに賛が書きたくなり、書き終えた良寛は満足そうにその掛軸《かけじく》を眺めていた。良寛の姿が見えないので小僧たちが探しまわったところ、良寛は掛軸を眺めてニヤニヤしていた。小僧たちに見つかったと知った良寛は、あわてて袋も鉢もそのままにして逃げ去った。左記がその賛である。

趙州問有答有　　趙州《じょうしゅう》有かと問へば有と答へ
問無答無　　無かと問へば無と答ふ
君問有也不答　　君有かと問へどもまた答へず
問無也不答　　無かと問へどもまた答へず
不審意作麼生　　不審の意作麼生《そもさん》（いかが・いかに、という意味）
也不答　　また答へず
良寛

良寛が仔犬の絵を見て「趙州狗子《くし》」の「無門関」の句を思い出して賛を書いたのであろう。「無門関」の和訳には、「趙州和尚、因みに僧問ふ、狗子に還つて仏性ありやまたなしや、州云《いわ》くなし」

とある。
良寛は三輪家とはとても親しかったのだろう。次の歌がある。

こゝちあしくて三輪氏のもとにふせりたりけり　彼岸のころかどにいひこふをとをきゝてをりてうちかぞふればこのあきも　すでになかばをすぎにけらしも

病気で三輪家にふせるなど、良寛もかなりずうずうしいようにも見受けられるが、三輪家でも良寛の養生を心よく喜んで引き受けたものと思われ、肉親同様の扱いを受けた親密さが想像される。

山田家

与板の山田家は町年寄で、醸造業を営んでいた。良寛の祖父の新木富竹は山田家から入り婿《むこ》となり、白雉《はくち》と号した俳人だった。良寛の父以南も白雉の薫陶《くんとう》を受け、俳人としての血が流れていたのだろう、俳句をよくたしなんだ。富竹の兄の孫は九代重翰《しげもと》といい、号は杜皐《とこう》と称した俳人だった。

良寛と山田杜皐は「またいとこ」で親戚関係にあり、とくに杜皐には良寛も気を許していた。さらに杜皐は詩歌、発句（俳句）、絵、書などをよくした文化人だったから良寛とは趣味も一致し、与板を訪れると山田家によく立ち寄った。良寛が住んでいた五合庵と与板とはかなり離れているので、食糧品はあまりおくらなかったようである。それでも「あかざ」や「しのぶ」などの植物や水瓶、手ぬぐいなどの日用品をよくおくった有力な庇護者の一人だった。

托鉢を中心に生計を維持していた良寛なので人にあまりものをねだらなかったが、「白雪糕《はくせっこう》」と酒だけはほしがっていたようだ。良寛は「何卒　白雪糕少々御恵たまはり度《たく》候　余の菓子は無用」と白雪糕はよほどの好物だったとみえ、遠慮なく要求している。この菓子はお湯に溶かして母乳代わりに用いたといわれるから、あるいは母乳の足りない母親を見かねて杜皐にその菓子を依頼したのかもしれない。だとすれば良寛の優しさが考えられるが、菓子屋でもない杜皐がわざわざ出雲崎に行って買い求めておくっているのであるから、その親密さが十分にうかがわれる。

良寛から杜皐宛に出した手紙は十数通認められるが、「およしさ」にも出している。良寛と杜皐の贈答歌に次のようなものがある。

初とれの鰯《いわし》のやうな良寛師　やれ来たといふ子らがこゑごゑ　杜皐
大めしを食ふ《ママ》て眠りし報いにや　いわしの身とぞなりにけるかも　良寛

杜皐は痩せて背の高い良寛を鰯にたとえて戯《ざ》れ歌を交わして冗談をいっているところからも、まさにお互いに肝胆相照らす仲といえよう。良寛は自分の無為徒食の身を卑下して、幼い頃に鰈《かれい》になるといわれたことを脳裡にひらめかせ、それを鰯に置き換えて歌ったものであろうか。

また山田杜皐が描いたとも、自画像ともいわれる「良寛読書像」があるが、その絵に良寛は次の賛を記している。


世の中にまじらぬとにはあらねども　一人遊びぞ我はまされる

杜皐の妻とは歌の贈答をしているし、良寛の死に際して妻は哀悼の歌を捧げている。また杜皐の末娘梅《うめ》は、良寛から字を習ったり遊んだりしてもらった。梅は栃尾の書家富川大塊《とみかわたいかい》の弟直吉に嫁《とつ》ぎ、明治三十二年に七十八歳で死去したといわれるが、その頃梅は十歳前後だったようだ。

山田家には「およしさ」という良寛とは切っても切れない女性がいる。この女性は山田家の下女といわれているが、良寛の酒の無心に応ずることのできる立場といえば、下女ではなく内儀《ないぎ》かもしれない。良寛はこの「およしさ」にいろいろあだ名をつけられた。つまり、「ほたる」「からす」「すがた」「かます」など、気楽に冗談を言い合う仲で、さすがの名僧もまったくかたなしである。「ほたる」は、毎年蛍《ほたる》の出る夕方に山田家を訪れて酒を無心するのでその名がつけられた。「からす」は、色が黒いうえに墨染めの衣を着ていたことからつけられた。また「かます」は魚の「あおかます」のことで、細長くて鰭《ひれ》が黒いので、衣の袖が鰭に似ており、背が高いところから名づけられた。「およしさ」宛の手紙がある。

ぬのこ一此度御返申候
さむくなりぬいまハ蛍も光なし　こ金《がね》の水をたれかたまはむ
閑難都起　　　　　　　蛍
およしさ　　　　　　ほたる
　　山田屋

この黄金の水とは酒のことで、十月になったら蛍の光が衰えたので、酒を飲んで元気になって光りたいと冗談めいて酒をねだった。次は山田家内儀との贈答歌である。

　題しらず　　　　　　与板山田の内室
からすめが生麩《しようふ》の桶《おけ》へ飛びこむで　足の白さよ足の白さよ
かへし　　　　　　　良寛
雀子が人の軒端に住みなれて　囀《さへづ》る声のそのかしましさ
かしましと面伏《おもてふ》せには言ひしかど　このごろ見ねば恋しかりけり

良寛は托鉢行脚《たくはつあんぎや》で顔や手は日焼けして黒かったが、脚絆《きやはん》をつけていた足もとは白かったので、その黒と白との対比を生麩《なまふ》の入った白汁桶に例えてからかったものである。それに対して良寛は、日ごろから口数の多い内儀を「すずめ」とあだなして、やかましいので閉口するとやり返している。良寛は杜皐から踊りの手ぬぐいをおくられ、歌をつくって返礼している。

もろともに踊り明かしぬ秋の夜を　身にいたづきのゐるも知らずて

「およしさ」は大柄な女だったのだろう。「この人の背中で踊りできるなり」と茶化している。また、むしろの上で書をしたためたが大きすぎてむしろまで字がはみ出してしまった。山田家ではかえって珍しいということで表装したという。あるときは獣の絵の掛軸を見て、その動物の真似をしていたところを家人に見つけられたので口止めをした、などいくつかの逸話がある。

山田家のように、主人だけでなく内儀や家族や下女まで一家揃って楽しく付き合った例は珍しい。

VIII

良寛と仁術医たち

インテリ層の医師たち

小越家

小越家で良寛と交友があったのは小越仲珉《おごしちゅうみん》である。仲珉は天明六年（一七八六）に寺泊夏戸の庄屋小越家に生まれ、与平次といって後に仲珉と号した。家が庄屋で格式が高いと自慢し、派手好みで贅沢な生活をしていたらしい。仲珉には妾が数人いたがそのうちの一人に逃げられ、柏崎まで行って探し出すと怒って女を剃髪してしまった。憤激した女が訴えたために仲珉は所払いとなり、一里ほど離れた島崎に居を移し杉本春良の一隅を借りていたが、たまたま木村家に寄寓していた良寛と知り合いになった。杉本春良は良寛のすすめで医師になった人である。仲珉の所払いが解かれ、ふたたび夏戸に帰る準備をしているところに良寛がきて荷物の木札を書いてくれたという。夏戸に帰った仲珉は謹慎の意味でもとの家に入らず、山側に引っ込んだ小さな納屋風の建物を建ててそこに住んだ。仲珉の医学の系統は明らかではないが、蔵書からみて漢方医だったようだ。小越家では良寛をていちょうにもてなしたので、良寛もよく立ち寄っていた。良寛の遺墨もかなりあったが、子孫が「あんな薄汚れた坊さんの書など必要ない」とすべて燃やしてしまったという。良寛が仲珉を揶揄《やゆ》したと伝えられる歌がある。

たがやのこつを見てよめる
たがやさむ　たがやさむ
いろはもよ　たやにたへなり
たがやさむ　たがやさむ
はだはもよ　いともくはし
たがやさむ　たがやさむ
たがやさむ　たがやさむ
たがやさむには
なをしかずけり
たがやさむ　いろもはだへも　たへなれど
　たがやさむより　たがやさむには
たがやさむより　たがやさむには

この歌について林甕雄《みかお》の『良寛歌集』には次のように書かれている。「夏戸の仲珉という医師のタガヤサンの根付を愛して持ちたりしを見て、よめる歌なり。仲珉は業にすさみて、怠る者なれば、其の諷詠にやと遍澄師いふ」

タガヤサンの木は珍重され、それを自慢してキセルの根付けを見せびらかすので、良寛は木をほめるふりをして「田圃《たんぼ》を耕せ」とばかりにいましめたものであろう。

良寛が郷本《ごうもと》の海辺で埋められようとしたとき、仲珉が助けた逸話も前述のように残っている。

大関家

大関家三代の泰庵長真は江戸から帰って、岩本の娘と結婚した。天明元年（一七八一）に長子の文仲《ぶんちゅう》長益が生まれた。文仲の母は寛政元年（一七八九）に死去したので、継母に育てられた。文仲は良寛よりも二十三歳年少であった。月潟村の出身である。

大関文仲の諱《いみな》は師質、長じて善軒と号し晩年は樗散生《ちょさんせい》といった。幼少から学問を好み努力家だった。生活は簡素で親身になって人に接したので多くの人々に慕われた。彼は医師で三方村西入寺の娘と結婚し、仏教に帰依《きえ》して慈悲心があつく、貧しい人には無料で施薬をしたので、遠近から多くの患者が集まった。父が病床につくと兄弟で看病し、孝養を尽くしたので溝口藩主から表彰された。

文仲は後に目が不自由になったが、その博学を聞いて訪れる者が多かったという。

はじめは白根で塾を開いて子弟を教えていたが、後に江戸に出て医学を学んだという（江戸行きには疑問をもつ人もいる）。文仲は儒者であり、同時に医師でもあった。梵行寺の過去帳を見ると、天保五年（一八三四）七月十六日に五十四歳で没し、法名を釈涼界といった。

文仲は良寛生存中に「良寛伝」を書いた唯一の人だという。次は文仲宛の良寛の書簡である。

此度　御書もの御親切にしたため被下候へ共、野僧元より数ならぬ身に候へ而、世の中の是非得失の事うるさく存じ物にかかわらぬ性質に候間、御ゆるしたまはり度候、然れども何とて生涯一度お目にかかり心事申上度候へども、老衰の事なればしかと申上られず候、中原元譲《なかはらげんじょう》老子わざわざ草庵へ御出被遊御たのみ被成信にこまり入候、失礼千万　　以上

四月十一日　　　　　　　　　　良寛

大関文仲老

この書簡の内容は、中原元譲に頼んで草庵に行ってもらい『良寛禅師伝』の原稿を読んでいただいた。私もその原稿を見たが、自分はうるさいことは嫌いで、私の伝記など勘弁してほしいとおことわりをした。なお書簡には失礼なことを書いたが、お許しを願いたいというものである。

文仲の『良寛禅師伝』の原蹟はなく、写本が残っているが漢学者の書いたものらしく難解の部分が多いという。

ただし注目すべき点は、良寛について「世人皆謂う、僧となりて禅に参ずと、我は即ち禅に参じて後僧となる」とあり、光照寺に入って玄乗破了の弟子になって剃髪したが、名実ともに僧侶とはならなかった。安政八年玉島の国仙和尚がきたときにはじめて出家得度を受けて僧になったと、従来から疑問視されていた点を明快に写本に記している。なお、良寛が記した漢詩があるが、ここで

は「答文仲老人」の歌を紹介しておく。良寛の弟由之も、『八重菊日記』で文仲に触れている。

あしびきの　きそのみ山のもみぢばも　いとど美し　君が言《こと》の葉

中原家

良寛と中原元譲との関係は単に風雅の交わりだけではなく、医師と患者との関係が浮かび上がってくる。赤塚の中原家はかなり広い屋敷であったが、今は当時の数分の一程度の広さしか残っていない。

元譲の諱《いみな》は譲で元譲と称した。字《あざな》は子敬、赤陵または釣雪堂と号した。寛政四年（一七九二）に赤塚で生まれた。少年時代は家も貧しかったが、十七歳で江戸に遊学して約九年、諸名家について勉強しついに医師になった。郷里に帰って近隣の子弟に句読を教えて次第に家声は広まった。貴重な本があると知れば借りて抄写し、老いてからも勉学を欠かさなかった。

元譲は天保九年（一八三八）に妻を亡くして後妻をもらったが、この後妻も明治四年六月十九日に死去した。妻の死に落胆したのか、元譲も三日後の六月二十二日に死去、享年八十歳だった。

元譲は良寛の人格、学問、能筆を認めて深く交遊した。元譲宛の手紙を見ると、良寛は薬と一緒にお茶などをおくってもらっている。さらに元譲は痰《たん》の薬とともに大好きな酒、なんばん漬けなどもおくっている。現存する元譲宛の書簡は、一通だけである。

暖気の節　如何御暮被遊候や。野僧も此程は漸快気仕候。先頃は私るすに痰の薬宇治の茶相とどき候。此度は酒なんばんづけ恭納受仕候。懐素自叙帖の事は書けば長く成候間此人に御尋被下度候　以上

三月廿九日　　良寛

中原元譲老

この書簡からすると、元譲は『懐素《かいそ》（中国唐代の書家、僧）自叙帖』も勉強したらしく、かつ書もうまかった。つまり単に医師と患者の関係だけではなく、文学上の交流もあり、物品を提供してくれた庇護者でもあった。良寛の葬儀のときの「香典帳」を見ると、中原元譲と中川立篤《りゅうとく》医師はわざわざ島崎まで足を運び、霊前でお参りをしている。

中川家

木村家にある「香典帳」には十数名の医師名が記されている。相馬御風《ぎょふう》の『良寛百考』に、目の不自由な人の香典として中川医師のことが書かれている。

『中川家実伝』によると中川家の先祖は正庵と号し、尾張で八百石を有し、剣術の指南役であった。元禄年間に浪人となり、越後にきて松野尾の大庄屋小出家の客分となり、医業を開業した。曾祖父、祖父、父を立桂《りゅうけい》、立元《りゅうげん》、立平《りゅうへい》といった。

良寛と親交のあったのは四世の中川立生《りゅうしょう》で、医業のかたわら詩歌をよくした。実伝では「立生交諸大家、号松丘、少時遊学良寛上人等」とある。門人には井栗村立泰、角田村立篤ら多数いたようである。立生は成人後に目を悪くし、晩年にはほとんど見えなくなった。前記御風の『良寛百考』には次のように記されている。

特に良寛に贈る為とあって、盲人が手さぐりて香包みの上書きまでも自ら書かずにいられなかったというこの事だけによっても、良寛という人がどんな風に人々から懐かしがられていたかが窺《うかが》われて、私は始めてそれを見た時、涙ぐましさを禁じ得なかったのである。

立生はなかなかの文人で、『松丘立生詩歌』という冊子をつくっており、漢詩、和歌合計二百二十余首がのせられている。そのうちの約八割ほどが良寛の加筆添削を受けているという。良寛は他人の詩歌を添削したり、批評することをもっとも嫌ったが、不思議に立生のものについては親切に補筆している。それによって見違えるほど内容がよくなったという。立生の歌を紹介しよう。

まくらべに　もみぢはちりぬ　あしびきの　とほきやまぢも　しぐれふるらん
ことのねのまつにあきかぜ　しらべてぞ　よすがらたかし　わがやのあたり

良寛は、立生の住む松野尾村で次の歌をよんでいる。

松の尾の松の間を思ふどち　ありきしことは今も忘れず
松の尾の葉ひろの椿　椿見に　いつかゆかなんその椿見に

立生は娘婿《むこ》に門人の立孝を選んで後継者としたが、いずれも早逝したので角田村から養子を迎えた。養子は立篤と称した。立生は天保五年（一八三四）三月二十三日に、立篤は文久二年（一八六二）八月十八日に死去した。

桑原家

桑原家は良寛終焉《しゅうえん》の木村家のすぐ前にあって、東側を荻川《おぎかわ》（島崎川）が流れており、桑原家の前に橋がかかっていたので、「橋場」または「河音医者」と呼ばれていた。

良寛は島崎に移ってからも、木村家にはかなり遠慮があったようだ。良寛は「水茎の筆紙もたぬ身ぞつらき　昨日は寺へ　今日は医者どの」と歌っている。『良寛禅師奇話』には、「島崎にわたりて後は紙筆も貯えず、事あれば人の家にゆきて書く、本歌はこの時の戯《ざ》れ歌なるべし」とあり、この歌の「今日は医者どの」とばもっとも近かった桑原家のことをさしているのであろう。

よく地方には「河童《かっぱ》のアイス」などという伝説があるが、桑原家にも河童からもらったと伝えられる止血、打撲傷によく効く霊薬があった。そこで村人は「河童医者」とも呼んでよくはやっていたらしい。この由来を記した良寛筆の『水神相伝』の巻子本《かんす》が桑原家にあった。
良寛と交遊していた桑原祐雪《ゆうせつ》についてはくわしい素姓はわからない。しかし近所にもかかわらず六通の祐雪宛の書簡が認められている。そのなかには衣類やいろいろなものをもらったことが書かれている。

今日人被遣御相承大慶　当方寒気節無事に罷在候間御安事不被下候　御酒一樽炭二俵恭受納仕候　春春掛御目寛々御清話申度上候　以上
十一月廿一日
良寛
桑原祐雪君

私も夏中少々不快にて、服薬仕候。其後とかく力つかず候。四五日以後涼罷成候而、さつぱりと快気仕候間、御安心可被下候。今日者一樽被下、誠に珍しく賞味仕候。盆後に推参致候節、御面談申上候　以上
七月十四日
良寛
桑原祐雪老

良寛は多くの医者と交遊があり、病気のときには特定の医者を決めず、心のおもむくまま気のむくまま、どの医者からも診療を受けていた。しかし島崎に行ってからはすぐ前に桑原医師がいたことから、もっぱら主治医的な存在として桑原家の治療を受けていた。

祐順は祐雪の長子で父の医業を継いだが、祐順も良寛との交遊が続いた。祐順が良寛に字を書いてほしいと望んだのに対し、「どんなふうに書いたらよいのか」と、書簡で問い合わせている。

良寛は、桑原家が東向きで月がよく見えるので、ときどき月見に訪れている。また、桑原家には「指月楼　良寛書」という名筆が残っている。良寛は蛙の声を聞くのが大好きで、桑原家の暗い茶の間で黙って蛙の声をよく聞いていたという。

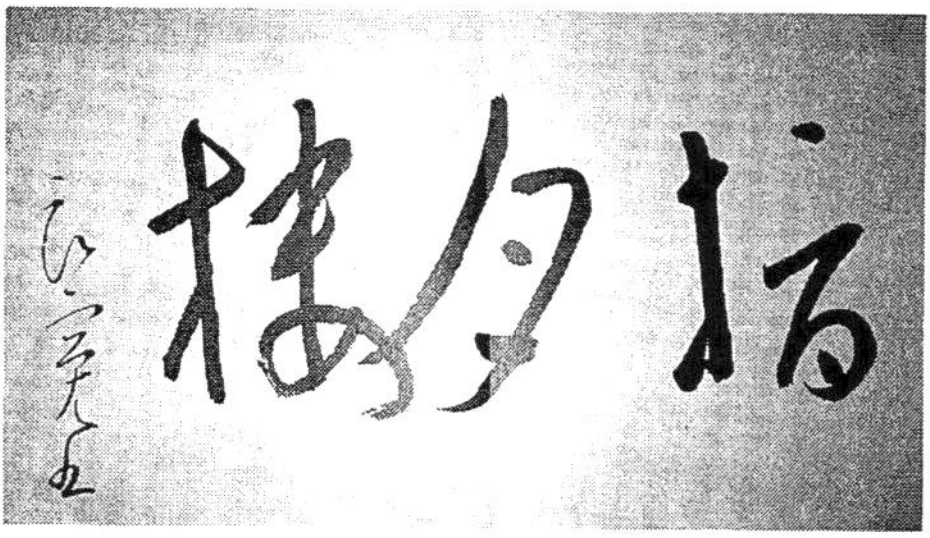

「指月楼　良寛書」桑原家所蔵

鈴木家

粟生津《あおうづ》の儒学者鈴木文台《ぶんたい》と良寛の交友はよく知られているが、兄桐軒《どうけん》についてはあまり知られていない。

鈴木桐軒は父見義の長男として寛政六年（一七九四）に生まれた。文台よりも二歳年上で、幼名は隆、あるいは隆造、通称を宗順といった。諱《いみな》は粛、字《あざな》は伯時、号を桐軒といった。後に天放、見義とも改めた。桐軒は文台とともに良寛の自筆詩『草堂集』を集めてまとめた人である。しかし残念ながら出版にはいたらなかった。桐軒には歌集の『ふるさと』がある。

良寛の桐軒宛の書簡がある。

先日は御紙面被下拝見仕候、太白集前に一覧仕候、子美全集御覧被遊候而後、拝覧仕度候、渠《みぞ》の観国老人にも兼て其事申置候。

さらに良寛が鈴木桐軒におくった詩もある。

無能生涯無所作　　何のとりえもないこの身
国上山巓托此身　　国上の山に身を寄せた
他日交情如相問　　心のほどを問ふならば
山田僧都是同参　　山田のかがしのその仲間
（中略）
千峰凍雪合　　山は深雪にとざされて
万径人跡絶　　道行く人の跡もない
毎日只面壁　　日々壁に向き坐禅組み

時間灑窓雪　　窓うつ雪をきくばかり
十二月九日　　良寛
鈴木隆造君

富取《とみとり》家

地蔵堂の富取家では北川《ほくせん》の号を襲名しているが、二代富取北川と良寛との交友は浅く、むしろ初代北川と深い仲だったと考えられる。初代北川は与板に隠居して寄留していた。号は守静と号した。良寛が北川宛に出した書簡がある。

いんきんたむし再発致候間　万能功一（貝の図）御恵投度被下候　以上
七月九日
守静老　　良寛

書簡には貝の図が描かれ、貝殻に軟膏が入れてあったらしい。この手紙の宛名の守静とは、地蔵堂の医師の富取北川のことである。

恥ずかしいいんきんやたむしの薬をねだるくらいだから、知人以上の関係と考えられる。

杉本家

医師杉本春良は、文化十二年（一八一五）に島崎村で生まれた。良寛五十八歳のときである。良寛が国上山《くがみやま》から島崎に移ったのは文政九年（一八二六）で六十九歳のときだったが、良寛示寂の前年すなわち天保元年（一八三〇）の夏頃まで、春良は良寛から読み書きなどを習った。春良は天保元年に十六歳で杉本家を相続している。

春良の非凡さを認めた良寛は、父嘉四郎に医学を学ばせるように勧めたが、家の経済的理由から断わられたらしい。良寛の再三の勧めによって大坂に遊学させた。

春良は医学と絵を学んで帰郷したが、誰から習ったかは不明である。春良が島崎で開業すると、村人は「紺屋の医者ろん」と呼んで盛業であったという。父の嘉四郎が紺屋をしていたのでそう呼ばれたらしい。

春良は漢詩などもよくし、書も巧みであった。良寛が袋をつけた杖《つえ》を手にし、草花を籠に入れ、長いひもに煙管《きせる》を結んだ絵は春良が描いたもので、絵もなかなかうまかった。良寛との交流は良寛の最晩年で、格別の逸話は残っていない。

藤沢家

国上山の麓の渡部には、「医者どん」と呼ばれた藤沢一斎の家があった。藤沢一斎は渡部東岸寺の過去帳によると天明八年（一七八八）の生まれで、良寛よりも三十歳若かった。良寛と一斎との交遊を知る資料は少ないが、渡部の阿部家に残された扇子からうかがえる。良寛が国上寺境内を散歩して帰ったら、落葉の上に一斎が手紙がわりに和歌を書いた紙片があった。良寛はそれを見て扇面に詩を書いてやった。一斎もなかなかの文人だった。

良寛が阿部みき衛門（定珍）に送った書簡がある。

此間者《は》　都々きて寒耳《に》罷成候　如何御くらし被遊候や　先日ハ御世話耳あつ可利大慶に奉存候、野僧足もさつ者《は》りいへ候　一斎子へも御ついて耳宜伝言　以上

二十二日　良寛

阿部みき衛門老

文面から見ると、良寛は一斎から足の治療を受けたのであろう。定珍の歌のかえしがある。

くすりしの言ふもきかずにかへらくの　道は岩みち足のいたまん

おもいやりの人

良寛は割元庄屋、医師、僧侶などの知識人や文化人との交友が深かった。今まで触れなかったが、三島郡七日市の馬之助の妻の実家山田家などによく往来している。ほかに出雲崎中山の庄屋佐藤家、寺泊の外山家、同町町年寄伊勢屋こと柳下元左衛門、酒

造業の大越門平、回船問屋本間家、竹之森の星彦右衛門、小豆曽庄屋竹内五左衛門、三条の成田屋、魚問屋の加藤家、旅籠久住家、おしき旅館など、良寛と付き合いをした家は実に多い。それほど良寛が多くの人々に愛されていたという証左であろう。

良寛が人々に愛されたのは、何事にも誠意をもってあたり、あらゆる人々に愛情をもって接したからである。人ばかりではない。一木一草や昆虫にも、蚤《のみ》、虱《しらみ》にさえ慈悲をそそぎ、自然にまかせて安らかな心で清々しく生きた。雨に濡れた岩室の松にさえ人と接するように同情を寄せている。

いはむろの　田中に立てる
ひとつ松の木　けふ見れば
時雨のあめに　濡れつつ立てり
ひとつ松　人にありせば
笠貸さましを　蓑着せましを
ひとつ松あはれ
往くさ来さ見れどもあかぬ岩室の　田中に立てるひとつ松の木

良寛にはこのように繊細な歌があると思えば、次のようにまことに気宇《きう》広大なものもある。

あわ雪の中に立ちたる三千大千世界《みちおほち》　又その中にあわ雪ぞ降る

あわ雪が乱れ降るなかに一大宇宙が存在している。この大世界のなかに蚊柱が下に舞い降りるように、また淡雪が白く降り注いでいる。

この「三千大千世界」は仏教語で、須弥山《しゅみせん》を中心に小宇宙、中宇宙、大宇宙が幾重にも取り囲んでいることで、宇宙つまり世の中を指していることだと思われる。

良寛は淡雪の降りしきる地で座禅をし、やがて一大宇宙を感得したのではないだろうか。このように人や木や虫にまで細かい慈悲の心を持つ一方で、気宇広大な大宇宙を頭に描き得る良寛とは凄い人だと思う。

良寛は自らをほとんど語らなかったが、人々は良寛の遺墨や書簡からその教えを見出し、生き方の指標として一歩でも良寛に近づきたいと願い、敬慕する人たちが年々と増えているようだ。

あとがき

今日の世相をみると、ゴルフ場の建設、土地の値上げなど一攫《かく》千金の夢を見た金権亡者たちが、バブルの崩壊によって恥も外聞もかなぐり捨てて、不正な金の獲得に奔走している。

住専問題、国会議員や地方首長、官僚のトップクラスの次官などの収賄、各県庁の空出張、金融機関トップの横領、共済組合などの詐欺事件、もっとも悪質な多重債務者詐欺事件、大手企業の贈賄など善良な国民の蚊帳の外で、悪徳人たちが泥々と渦巻いている。その歪みのつけは、けっきょく何も知らない国民にしわよせされてくる。

良寛は僧伽《そうぎゃ》の文中に、「縦入乳虎隊、勿践名利路……」と記している。

つまり、たとえ乳虎（乳飲み子を抱えた虎は猛々しい）の群れに身を投じても、名利を追ってはいけない。名誉や金をむさぼるくらいなら乳虎の群れに身を投じて死んだほうがましだと警告を発している。

現在の混濁の世相においてこそ、良寛の騰々《とうとう》として天真に任す優游《ゆうゆう》の思想が求められているのではないだろうか。

本書執筆の機会を与えていただいたのは、長岡市市史編さん委員長として公私にわたって大変お世話になったドイツ文学の泰斗星野慎一先生のご推挙により清水幸雄氏の直接のお話によるもので、清水氏からは十数通の書簡によるご指導とご激励をいただき、浅学非才の身ながら、どうやら刊行の運びにいたった。また清水書院編集部の徳永隆氏以下社員の皆さまには大変お世話になった。

ここに厚く御礼を申し上げる次第である。

一九九七年四月

山﨑　昇

山﨑昇先生は本書をご脱稿後、一九九七年五月逝去されました。ここに謹んで哀悼の意を表します。

清水書院編集部

良寛略年譜

西暦	元号	年齢	年譜	参考事項
一七五八	宝暦八	1	誕生。幼名栄蔵。	公家二十人勅勘に（宝暦事件）。
一七五九	九	2	父以南、名主となる。	加賀金沢大火。
一七七〇	明和七	13	大森子陽塾に入門。	後桜町天皇譲位。
一七七五	安永四	18	名主見習い。光照寺（破了和尚）で剃髪。	諸大名の参勤交代の員数を改定。 去来『去来抄』刊行。
一七七九	八	22	国仙和尚より得度。円通寺（岡山）へ。	松前藩、ロシア船の通商要求却下。
一七九〇	寛政二	33	国仙和尚より偈を受ける。	幕府、聖堂において異学の講究を禁止する（寛政異学の禁）。
一七九一	三	34	国仙和尚没。良寛行脚に。	江戸豪雨、洪水。
一七九五	七	38	父以南、桂川において入水自殺。	江戸大火。一茶『旅拾遺』刊行。
一七九六	八	39	郷本に帰る。	幕府、諸宗の破戒僧を捕らえる。
一七九七	九	40	国上山五合庵に。	京都三条朱雀に天文台をつくる。
一八〇二	享和二	45	寺泊の密蔵院に仮寓。	一月江戸大火。七月江戸大洪水。

一八〇三	三	46	国上本覚院や西生寺に仮寓。	アメリカ船、長崎に来航して貿易を求めるが幕府は拒否。
一八〇四	文化元	47	弟の由之が出雲崎住民に訴えられる。	出羽国大地震。
一八〇八	五	51	有願没。	間宮林蔵、宗谷から樺太に向かう。
一八一六	一三	59	乙子神社側庵。	諸国の人口を調査。
一八二二	文政五	65	維馨尼没。	イギリス船浦賀に入港。
一八二六	九	69	島崎の木村邸に移る。	オランダ商館長、将軍に謁見。
一八二七	一〇	70	貞心尼が訪問（秋）。	徳川家斉、太政大臣に。
一八二八	一一	71	三条で大地震が発生（十一月）。	人口二七二〇万余人。（公家・武家を除く。）
一八三〇	天保元	73	七月病気。八月下痢が続く。九月腹痛。十月小康。十二月危篤。	水戸藩主徳川斉昭、文武奨励を布告し、改革に着手。
一八三一	二	74	正月六日没。八日葬儀。	松前藩、異国船来船を報告。

貞心尼略年譜

西暦	元号	年齢	年譜	参考事項
一七九八	寛政一〇	1	奥村五兵衛の子として誕生。幼名ます。	長崎出島より出火。
一八〇九	文化六	12	柏崎に遊ぶ。	江戸大火。間宮林蔵樺太から帰る。
一八一四	一一	17	小出島の関長温と結婚。	イギリス船、長崎に入港。
一八二〇	文政三	23	関長温没。下宿の閻王寺で剃髪。眠龍尼・心龍尼の弟子となる。	一茶『おらが春』成る。
一八二七	文政一〇	30	三月福島の閻魔堂に入る。秋良寛と会う。	頼山陽『日本外史』松平定信に。
一八三一	天保二	34	良寛没。	十返舎一九没。
一八三三	四	36	良寛墓碑建つ。	出羽・越後大地震。
一八三四	五	37	雪堂、良寛の肖像描く。	江戸大火。水野忠邦老中に。
一八三五	六	38	『蓮の露』完成。	彦根藩主井伊直亮大老に。
一八三八	九	41	広井伝佐衛門の娘（六歳）を弟子に、孝順尼と称す。眠龍尼没。	江戸城西の丸炎上。中山みき天理教を開教。
一八四一	一二	44	釈迦堂の庵主になる。	徳川家斉没。渡辺崋山自殺。

一八五一	嘉永 四	54	柏崎大火。『焼野の一草』まとめる。	米価高騰のため江戸の窮民に配米。
一八五九	安政 六	62	高野治郎兵衛の娘（八歳）を弟子に、智譲尼と称す。	露・英・仏・蘭・米に神奈川・長崎・箱館で自由貿易を許可。
一八六二	文久 二	65	山田静里没。	生麦事件発生。
一八六五	慶応 元	68	龍海院蔵雲と交友。	パリ万国博覧会に参加決定。
一八六七	三	70	芝尚古堂が『良寛道人遺稿』を発行。	明治天皇践祚。明治元年に。
一八七二	明治 五	75	不求庵で没。	庄屋・名主などを廃し戸長を置く。

参考文献

『良寛の生涯と逸話』 谷川敏朗　恒文社　一九八四
『良寛の生涯』 谷川敏朗　恒文社　一九八六
『良寛の旅』 谷川敏朗　恒文社　一九八五
『良寛の書簡集』 谷川敏朗　恒文社　一九八八
『良寛百歌撰』 谷川敏朗　考古堂　一九七九
『良寛論考』 谷川敏朗　新潟日報事業社　一九七五
『北越偉人　沙門良寛全伝』 西郡久吾　象山社　一九八〇
『良寛研究論集』 宮栄二　象山社　一九八五
『北越名士伝』 大橋佐平　大橋書房　一八八五
『良寛出家考』 渡辺秀英　考古堂　一九七四
『良寛修行と玉島』 玉島良寛研究会　考古堂　一九七五
『良寛を語る』 相馬御風　博文館　一九四一
『新修良寛』 東郷豊治　創元新社　一九七〇
『良寛争香』 岡元勝美　恒文社　一九八四

『若き日の良寛』 江原小弥太 第一書房 一九四一
『良寛坊』 藤島準二 文学書房 一九四一
『良寛の人間像』 市川忠夫 煥平堂 一九七七
『人間良寛』 三輪健司 恒文社 一九八五
『良寛』 紀野一義 法蔵館 一九八八
『良寛ノート』 大場南北 中山書房 一九七四
『良寛をめぐる医師たち』 藤井正宣 考古堂 一九八三
『良寛入門』 栗田勇 明泉堂 一九八五
『良寛』 相馬御風 金園社 一九五五
『良寛と貞心』 相馬御風 考古堂 一九九一
『良寛異聞』 矢代静一 河出書房 一九九三
『良寛』 吉野秀雄 筑摩書房 一九七五
『越州沙門良寛』 北川省一 恒文社 一九八四
『良寛非行の海に降りる』 北川省一 現代企画室 一九八二
『良寛法華聖への道』 北川省一 現代企画室 一九八九
『良寛その生涯と書』 宮栄二 名著刊行会 一九八三
『良寛と相馬御風』 加藤僖一 考古堂 一九七九
『良寛の書と風土』 加藤僖一 考古堂 一九七九

『愚直清貧のすすめ』　小松正衛　文化創作出版　一九九三
『騰々天真』　四名　新潟日報事業社　一九九四
『今に生きる良寛』　毎日新聞社編　一九七二
『良寛と禅師奇話』　加藤僖一　考古堂　一九八〇
『良寛と貞心尼』　加藤僖一　考古堂　一九七七
『風花ひとひら』　子田重次　考古堂　一九八九
『北越雪譜』　鈴木牧之　野島出版　一九七〇
『北越奇談』　崑崙橘茂世　野島出版　一九七八
『はちすの露』　柏崎市立図書館蔵
『塵壺』　河井継之助　長岡市立図書館蔵
『良寛禅師奇話』　解良栄重　解良家蔵
『橘由之日記』　渡辺秀英　私家版　一九六一
『郷国時代の菅江真澄』　新行和子　資料
『菅江真澄全集十巻』　未来社　一九七四
『戊辰戦争事典』　大田俊穂　新人物往来社　一九八〇
『新秋田叢書』　今村義孝　歴史図書社　一九七一
『秋田県名僧伝』　笹尾哲雄　大悲禅寺　一九八三

さくいん

【人　名】

【地名】

良《りょう》　寛《かん》■人と思想149　　定価はカバーに表示

1997年 8 月27日　第 1 刷発行©
2016年 7 月25日　新装版第 1 刷発行©

・著　者 ……………………………… 山崎《やまざき》　昇《のぼる》
・発行者 ……………………………… 渡部　哲治
・印刷所 ……………………… 図書印刷株式会社
・発行所 ……………………… 株式会社　清水書院

〒102-0072　東京都千代田区飯田橋3-11-6
Tel・03(5213)7151～7
振替口座・00130-3-5283
http://www.shimizushoin.co.jp

検印省略
落丁本・乱丁本は
おとりかえします。

Century Books
Printed in Japan
ISBN978-4-389-42149-6

CenturyBooks

清水書院の〝センチュリーブックス〟発刊のことば

近年の科学技術の発達は、まことに目覚ましいものがあります。月世界への旅行も、近い将来のこととして、夢ではなくなりました。しかし、一方、人間性は疎外され、文化も、商品化されようとしていることも、否定できません。

いま、人間性の回復をはかり、先人の遺した偉大な文化を継承して、高貴な精神の城を守り、明日への創造に資することは、今世紀に生きる私たちの、重大な責務であると信じます。

私たちがここに、「センチュリーブックス」を刊行いたしますのは、人間形成期にある学生・生徒の諸君、職場にある若い世代に精神の糧を提供し、この責任の一端を果したいためであります。

ここに読者諸氏の豊かな人間性を讃えつつご愛読を願います。

一九六七年

清水梼

SHIMIZU SHOIN

【人と思想】既刊本

老　子	高橋　進
孔　子	内野熊一郎他
ソクラテス	中野　幸次
釈　迦	副島　正光
プラトン	中野　幸次
アリストテレス	堀田　彰
イエス	八木　誠一
親　鸞	古田　武彦
ルター	小牧　治・泉谷周三郎
カルヴァン	渡辺　信夫
デカルト	伊藤　勝彦
パスカル	小松　摂郎
ロック	浜林正夫他
ルソー	中里　良二
カント	小牧　治
ベンサム	山田　英世
ヘーゲル	澤田　章
J・S・ミル	菊川　忠夫
キルケゴール	工藤　綏夫
マルクス	小牧　治
福沢諭吉	鹿野　政直
ニーチェ	工藤　綏夫

J・デューイ	山田　英世
フロイト	鈴村　金彌
内村鑑三	関根　正雄
ロマン＝ロラン	村上　嘉隆・村上　益子
孫　文	横山　英・中山　義弘
ガンジー	坂本　徳松
レーニン	中野　徹三・高岡健次郎
ラッセル	金子　光男
シュバイツァー	泉谷周三郎
ネルー	中村　平治
毛沢東	宇野　重昭
サルトル	村上　嘉隆
ハイデッガー	新井　恵雄
ヤスパース	宇都宮芳明
孟　子	加賀　栄治
荘　子	鈴木　修次
アウグスティヌス	宮谷　宣史
トーマス・マン	村田　經和
シラー	内藤　克彦
道　元	山折　哲雄
ベーコン	石井　栄一
マザーテレサ	和田　町子
中江藤樹	渡部　武
ブルトマン	笠井　恵二

本居宣長	本山　幸彦
佐久間象山	奈良本辰也・左方　郁子
ホッブズ	田中　浩
田中正造	布川　清司
幸徳秋水	絲屋　寿雄
スタンダール	鈴木昭一郎
和辻哲郎	小牧　治
マキアヴェリ	西村　貞二
河上　肇	山田　洸
アルチュセール	今村　仁司
杜　甫	鈴木　修次
スピノザ	工藤　喜作
ユング	林　道義
フロム	安田　一郎
マイネッケ	西村　貞二
エラスムス	斎藤　美洲
パウロ	八木　誠一
ブレヒト	岩淵　達治
ダンテ	野上　素一
ダーウィン	江上　生子
ゲーテ	星野　慎一
ヴィクトル＝ユゴー	辻　昶・丸岡　高弘
トインビー	吉沢　五郎
フォイエルバッハ	宇都宮芳明

平塚らいてう	小林登美枝
フッサール	加藤精司
ゾラ	尾崎和郎
ボーヴォワール	村上益子
カール=バルト	大島末男
ウィトゲンシュタイン	岡田雅勝
ショーペンハウアー	遠山義孝
マックス=ヴェーバー	住谷一彦他
D・H・ロレンス	倉持三郎
ヒューム	泉谷周三郎
シェイクスピア	福田陸太郎 菊川倫子
ドストエフスキイ	井桁貞義
エピクロスとストア	堀田彰
アダム=スミス	浜林正夫 鈴木亮
ポパー	川村仁也
フンボルト	西村貞二
白楽天	花房英樹
ベンヤミン	村上隆夫
ヘッセ	井手賁夫
フィヒテ	福吉勝男
大杉栄	高野澄
ボンヘッファー	村上伸
ケインズ	浅野栄一
エドガー=A=ポー	佐渡谷重信

ウェスレー	野呂芳男
レヴィ=ストロース	吉田禎吾他
ブルクハルト	西村貞二
ハイゼンベルク	小出昭一郎
ヴァレリー	山田直
プランク	高田誠二
ラヴォアジエ	中川鶴太郎
T・S・エリオット	徳永暢三
シュトルム	宮内芳明
マーティン=L=キング	梶原寿
ペスタロッチ	長尾十三二 福田弘
玄奘	三友量順
ヴェーユ	冨原眞弓
ホルクハイマー	小牧治
サン=テグジュペリ	稲垣直樹
西光万吉	師岡佑行
ヴァイツゼッカー	加藤常昭
メルロ=ポンティ	村上隆夫
オリゲネス	小高毅
トマス=アクィナス	稲垣良典
ファラデーとマクスウェル	後藤憲一
津田梅子	古木宜志子
シュニツラー	岩淵達治

タゴール	丹羽京子
カステリョ	出村彰
ヴェルレーヌ	野内良三
コルベ	川下勝
ドゥルーズ	鈴木亨
「白バラ」	関楠生
リジュのテレーズ	菊地多嘉子
リッター	西村貞二
プルースト	石木隆治
ブロンテ姉妹	青山誠子
ツェラーン	森治
ムッソリーニ	木村裕主
モーパッサン	村松定史
大乗仏教の思想	副島正光
解放の神学	梶原寿
ミルトン	新井明
ティリッヒ	大島末男
神谷美恵子	江尻美穂子
レイチェル=カーソン	太田哲男
オルテガ	渡辺修
アレクサンドル=デュマ	辻昶 稲垣直樹
西行	渡部治
ジョルジュ=サンド	坂本千代
マリア	吉山登

ラス=カサス　染田　秀藤
吉田松陰　高橋　文博
パステルナーク　前木　祥子
パース　岡田　雅勝
南極のスコット　中田　修
アドルノ　小牧　治
良　寛　山崎　昇
グーテンベルク　戸叶　勝也
ハイネ　一條　正雄
トマス=ハーディ　倉持　三郎
古代イスラエルの預言者たち　木田　献一
シオドア=ドライサー　岩元　巌
ナイチンゲール　小玉香津子
ザビエル　尾原　悟
ラーマクリシュナ　堀内みどり
フーコー　今村　仁司／栗原　仁
トニ=モリスン　吉田　廸子
悲劇と福音　佐藤　研
リルケ　星野　慎一／小磯　仁
トルストイ　八島　雅彦
ミリンダ王　森　祖道／浪花　宣明
フレーベル　小笠原道雄

ヴェーダからウパニシャッドへ　針貝　邦生
ベルイマン　小松　弘
アルベール=カミュ　井上　正
バルザック　高山　鉄男
モンテーニュ　大久保康明
ミュッセ　野内　良三
ヘルダリーン　小磯　仁
チェスタトン　山形　和美
キケロー　角田　幸彦
紫式部　沢田　正子
デリダ　上利　博規
ハーバーマス　小牧　治／村上　隆夫
三木　清　永野　基綱
グロティウス　柳原　正治
シャンカラ　島　岩
ハンナ=アーレント　太田　哲男
ミダース王　西澤　龍生
ビスマルク　加納　邦光
オパーリン　江上　生子
アッシジのフランチェスコ　川下　勝
スタール夫人　佐藤　夏生
セネカ　角田　幸彦

ペテロ　川島　貞雄
ジョン・スタインベック　中山喜代市
漢の武帝　永田　英正
アンデルセン　安達　忠夫
ライプニッツ　酒井　潔
アメリゴ=ヴェスプッチ　篠原　愛人
陸奥宗光　安岡　昭男